聖邪の蜜月

RIKA ANZAI

安西リカ

CHOCOLAT BUNKO

ILLUSTRATION yoco

CONTENTS

聖獣は夜空を駆け、星を撒《ま》き散らす。

火焔《かえん》の瞳、霧氷《むひょう》の鱗《うろこ》。

自由と、力と、美と、残酷で夜を駆ける。

その最期は誰も知らない。


磨かれた石の床が、裸の足に冷たい。

ひんやりとした感触を確かめるように、アシュは一歩一歩「祈りの室《へや》」へと近づいていた。

王宮のさらに奥、聖職者たちが祈りを捧げる聖殿は薄暗い回廊《かいろう》の先にある。

行きたくない。またあの苦痛と屈辱を味わうのかと思うと足が竦む。が、行かねば神の許しを乞わなかった者、と下男たちに一晩払い下げられもっと酷い苦痛と屈辱を受けることになる。

しゃらん、しゃらん、と歩くたびに足首で金の鎖が音を立てる。

細い金鎖は左右の足を短く繋ぎ、歩幅狭くゆっくり進むことはできてもまともに歩くことすらままならない。まして走ることも、さらには逃げ出すことなど絶対に出来ないようになっていた。

半年前、アシュは奴隷市《どれいいち》の檻《おり》に入れられて商品として売り出されていた。

似た年頃の子どもが十数人も、折り重なるように家畜用の檻に入れられ、買いに来た大人たちの値踏みの視線に晒される。希望に応じて檻から引き出されると、口を開かされたり、性器を露出させられたりして動物のように検分された。

「この子には、額に聖者の刻印がありまするぞ」

奴隷商人と売買の交渉をするのに、その聖職者はアシュの額の傷を利用した。王宮に仕える聖職者のみが着用を許される煌《きら》びやかな司祭服に、奴隷商人は腰を低くし、「さようでございますか」と目を細めた。

「こうした傷を持つ子どもはわたくしどもの愛《いと》し子《ご》なのです。救わねば」

「ええ、ええ、確かにこいつはあなたさまがたの愛し子でしょう」

商人は聖職者の意図などお見通しで、下卑《げび》た笑いを浮かべた。

「おまえは神の愛し子。今日からそのつもりで仕えるように」

聖殿の奥で汚れ切った身体を清めさせると、聖職者は「おまえに取り憑いている邪悪を追い出す儀式をせねば」と囁いた。

すでにそうしたことは貧民窟《くつ》で経験していたので、アシュは無駄な抵抗もせず犯されるままになった。

聖職者たちは生涯独身を守る代わりに、「邪悪を追い出す」儀式を行う。アシュはほぼ毎日「祈りの室」で順繰《じゅんぐ》りに彼らの儀式の生贄《いけにえ》になった。

神に祈りなさい、と聖職者たちは厳《おごそ》かに命じる。

床に膝をつき、告解の台に肘をつき、そして背後から裾を大きく捲り上げられる。秘所を暴かれ、欲望を受け入れさせられ、そして罪を悔い改めさせられた。

文言は「神リエラ、わたしの罪をお許しください」だ。そのたびアシュは考えた。

おれの罪とはなんだ。

親を知らないことか。

貧民窟の物乞いで命を繋いでいたことか。

攫《さら》われ、奴隷市で売られたことか。

それはおれの罪なのか。

毎日湯を使い、贅沢な食事を与えられ磨き上げられ、アシュは好事家の聖職者が見込んだ通りの容姿になった。銀色の髪、哀愁《あいしゅう》を帯びた青い瞳、そして日差しに溶けるような白い肌。

ただ、額の傷だけはとうとう消えなかった。貧民窟でうろうろしていたころ、見も知らぬ大人に理不尽に殴りつけられてできた痕だ。

両足に渡る金の鎖が、夕暮れの気怠い日差しを受けて鈍く光る。

アシュを買った「慈悲深い」聖職者たちは、他にもたくさんの装飾品をアシュに授けた。高価な薄絹や繊細な刺繍《ししゅう》のほどこされた衣装、そして神リエラを称える胸飾り。

中庭を行き来する下働きの者たちが、薄暗い渡り廊下から聖殿に向かうアシュに気づいて囁き合っている。卑猥《ひわい》な目つきや侮蔑《ぶべつ》、嘲笑《ちょうしょう》、そんなものにもすっかり慣れた。

性的に利用され尽くしたあと、自分がどうなるのかは承知していた。同じ境遇の少年たちは他にもいたが、ある日「天に召され」て姿を消した。今、聖職者たちに飼われているのはアシュの他にもう一人いる。離れた室につながれ、口を利いたこともないが、ちらと目にする彼は生気のない目をして、すべてを諦めていた。

おれは、諦めない。

アシュは気力を振り絞り、自分に誓った。

いつか絶対自由の身になる。

額の傷は、胸に下げたクザルフとよく似た形をしていた。神聖さを象徴する四枚の花弁が、上下左右に広がっている。

これがおれの拠《よ》り所《どころ》だ、とアシュはそっと指先で額に触れた。

この怒りだけがおれを守ってくれる。

1

この町は風が強い。

砂塵《さじん》が常に建物の外壁を叩き、そのせいで町全体がくすんで見えた。

とはいえ交易の盛んな土地柄で、町は豊かに栄え、行き交う人々の顔つきにも活気が溢れている。町宿やさまざまな商家が軒《のき》を連ねる目抜き通りは、投げ銭で稼ぐ大道芸人や物売り、宿の客引きなどで賑わっていた。

次の落ち着き先を決めるまで、さて、どこで過ごそうか。

アシュは目元深く被っていたベールを肩に落とし、歩調を緩めた。とたんにすれ違った物売りがはっと振り返る。

「おい、あれを見ろ」

「ほおお、なんと麗《うるわ》しい」

「首にクザルフをかけておられる。巡礼の聖者さまだな」

背中まである艶やかな銀髪と澄んだ青い瞳は、清らかな巡礼装束《しょうぞく》と相まって、どこでも人々の目を引いた。アシュはことさら慎ましやかに目を伏せながら、周囲の声を油断なく聞き分けた。

「お供も連れず、質素なお姿で」

「どちらからいらしたのだろうか」

どうやら東の町での悪行の噂は、まだここまでは届いていないようだ。

大きな十字路にさしかかり、アシュはどっしりとした食堂の前で足を止めた。二階は宿屋になっている。各地から集まる商人たちの噂話を仕入れるのに好都合だ。

「いらっしゃいまし」

砂埃の外から一歩中に入ると、まだ幼さの残る少女の声がした。昼時はとうに過ぎ、客の姿はまばらだったが、厨房《ちゅうぼう》からは食欲をそそる香辛料の匂いが漂ってくる。

「神リエラの祝福を」

胸のクザルフに手を当てて決まり文句を口にすると、店中の視線が一斉に集まった。前掛けをした少女は目を丸くし、慌てて奥に引っ込んだ。

「これはこれは、巡礼の聖者さまでしょうか」

すぐに店主らしい太った男が現れた。腰を低くし、顔には愛想笑いを浮かべているが、内心迷惑に思っていることは目つきでわかる。

「神リエラに導かれて参りました」

アシュは澄ましてクザルフを掲げた。

「おお、なんと光栄な。さあどうぞ、お入りください」

巡礼の聖者をもてなすことは、持てる者の当然の義務だ。拒否すれば、吝嗇《りんしょく》・強欲の誹《そし》りを受ける。内心では舌打ちしているだろうが、店主は快くアシュを歓迎して席につかせた。聖職者のふりはどこまでも便利だ。さらに生まれながらの清楚《せいそ》な美貌に誰もがころりと騙される。

「なんとお美しいのだろう」

「見ているだけで心が洗われるようだ」

客たちがアシュに向かって手を合わせている。

「あの、あちらで足を洗いますか」

「こら、聖者さまには『おみ足』と言うのだ」

さっきの少女が桶《おけ》を持ってきた。宿屋も営んでいるこの店では、旅人には足を洗わせてくれるようだ。店主に口の利きかたを注意されて、少女が真っ赤になっている。アシュは「ありがとうございます」と優しく微笑んで見せた。

「長旅をしてきて、すっかり足が疲れておりました。どちらで足を洗わせていただけるのでしょう」

「あちらです」

少女がほっとしたように中庭のほうに目を向けた。

「聖者さま、お荷物はここに置いたままでよろしいのですか?」

少女に着いて行こうとすると、店主に声をかけられた。アシュは清貧の聖職者らしくおっとりと頷いた。

「盗まれるようなものは何も持ち合わせておりませぬゆえ」

嘘だ。

確かに背負い袋の中には着替えくらいしか入っていないが、質素な巡礼装束の内には、金貨でふくらんだ財布が忍ばせてある。

つい昨日まで居座っていた田舎の聖堂の司祭を思い出し、あれはたいした好き者だったな、とアシュは含み笑いをした。

毎晩さんざんいい思いをさせてやったのだから、このくらい頂いてもきっと神はお許しになる。

アシュの手口はいつも同じだ。

巡礼の聖者と偽って聖堂の戸を叩き、一夜の宿を求める。一人寝の司祭を誘惑するのはアシュにはたやすい仕事だ。

そのあとは骨抜きにした司祭の代理を騙《かた》って町の有力者たちを訪ねて寄付を募り、ついでに聖堂に溜めこんであった金品や装飾品などを頂いて去る。

「どうぞ、おみ足を」

中庭の井戸から水を汲みだし、少女は井戸の縁《ふち》に腰を下ろしたアシュの前に桶を置いた。冷たい水に足を入れると、そこから疲れが抜けていくようだ。

「あ、これは」

少女が前掛けで足を拭いてくれようとして、手を止めた。アシュの両足首には、足飾りのように一周する赤い痕がある。なんだろう、というように目を凝らした少女に、アシュはさりげなく足を引いた。

「ありがとうございます。おかげで疲れがとれました」

「よかった」

少女が顔をほころばせた。その頬にはうっすらと青痣がある。アシュの足首の赤痣と同じ、暴力の痕だ。

「あなたはここの娘さんなのですか?」

「いいえ、わたしの家はドゥーナルケにあります」

聞いたことがある村の名だ。記憶を辿っていると、少女が「昔は聖獣の里と呼ばれていた村です」と遠慮がちに説明した。

「ドライトン?」

それは、とうの昔に駆逐されたという獣の名だ。

「祖母が子どもの頃までは、ドゥーナルケの山にはドライトンの鱗が時々落ちていたのだそうです」

「聞いたことがあります。ドライトンの鱗は宝石のように美しく、その涙は万能の薬となるとか」

お伽噺《ときばなし》のような話をアシュに語って聞かせたのは、王宮に出入りしていた薬師《くすりし》だった。聖職者たちに手荒に扱われて傷つき、熱を出すたびにやってきて、「おまえの瞳は聖獣の鱗のように美しい」といたわしそうにつぶやいていた。

「聖獣の涙は万能薬となるそうだが、百年に一度しか泣かぬゆえ、みな確かに手に入る鱗の美しさに心を奪われ、捕らえた端から殺してしまった」

百年ほど前までは、まだドライトンは人里離れた山深い土地でときおり姿を見せていたらしい。そのころはただ鱗が目的だったのが、すっかり凶暴になり、人を食い殺す害獣になり果てたドライトンは幼獣のうちから駆逐されるようになり、今ではその鱗が高値で売り買いされているのみだ。

ドライトンの鱗があれほど美しくなければ人間は捕らえようとはしなかっただろうし、そうであればドライトンも人間を食い殺すようにはならなかったはず、さすれば根絶やしにされることもなかった。

おまえも美しく生まれついたばかりに、可哀そうにな。

薬師はドライトンとアシュの境遇を重ねて嘆き、そしてついでに自分も「可哀そうなアシュ」を味わった。

「鱗は今でも高値で売り買いされているようですが、もう掘り尽くされてしまって、今ではすっかり寂れた村です。聖堂もないようなありさまで、それでわたしもここに働きに出ています」

下働きの娘が雇い主に殴られることなど、別に珍しくもない。アシュの足の痣と違い、少女の痣は数日もすれば消えてしまうだろう。

それでも彼女の手首の細さ、指先の荒れように、アシュは懐の財布から硬貨を一枚取り出した。

「これは…？」

手を取って硬貨を握らせると、少女が戸惑ったように瞬きをした。

「足を洗わせていただいたお礼です。ほんの少しですが」

本当は金貨の一枚も渡したかったが、万が一にでも他人の目に触れれば、かえって少女に禍《わざわい》がいく。

「そんな」

少女はびっくりしたように小さく首を振って、硬貨をアシュの手に返そうとした。

「巡礼の聖者さまからいただくなんて、とんでもないことです」

今までも下働きをしている小さな子どもにはそっと小銭を握らせてきたが、返してきた者などいなかった。

「それにわたしは近いうち、村に帰れることになったのです。父さんが迎えに来てくれると知らせがあって」

少女が打ち明け話をするように小声で言った。

「神リエラのご加護です」

少女は嬉しそうだが、こんな幼さの残る娘を遠くの町に稼ぎに出した親の思惑など、アシュには透けて見える。別のもっといい働き口——それも親にとってのいい働き口が見つかったということだ。

「これは内緒の情報なのですが」

アシュはわざとらしく声を潜めた。

「実は、神リエラは少し耳が遠いようなのです。ですから人々の祈りや願いをうまく聞きとれなかったりするのでしょうね。もしあなたの祈りが通じないとき、ぜひこれで甘いものでも食べて、主のことをお許しください。わたしが代わりにお詫びいたします」

「まあ」

少女が目を見開き、おかしそうに笑った。慎ましいが、利発な少女だ。

数年もすれば、この少女もまた身勝手で卑怯な大人になるのかもしれない。自分より弱いものを利用してはばからない厚顔な女になるのかもしれない。でも今はなんの力も持っていない下働きの身だ。

「さあ、受け取ってください」

「本当にいいのでしょうか…？」

まだ躊躇《ちゅうちょ》している少女に、アシュはにっこりしてみせた。

「サラ！」

少女がなにか言おうと口を開きかけたとき、食堂のほうから店主の大声が聞こえた。少女は弾かれたように立ち上がった。

「はい、なんでしょう」

「ちょっとこっちに」

店主に手招きされて、少女はアシュにぺこりと頭を下げ、戸口のほうに小走りで去った。それを待っていたかのように、店のほうからあわただしい物音が聞こえた。少女がなにか詰問《きつもん》されている。サンダルの紐を締めていたアシュは顔を上げた。

「銀の長い髪、青い瞳」

「額にクザルフの形の傷痕がある」

「東方の町から逃げて来て」

切れ切れに聞こえる声に、アシュはちっと舌打ちした。警備兵だ。

素早く立ち上がると、巡礼装束の裾を絡げて走り出す。もう足枷はない。どこへでも逃げられる。

「いないぞ」

「おい店主！」

背中で怒声を聞きながら、アシュは中庭から店の裏手に逃れ、半分崩れかけていた戸口から脱出した。

細い路地を辿り、大通りにさえ出れば、あとは金で解決できる。細かい事情は聞かずに乗せてくれる荷馬車がいくらでもある。今までもそうしてきた。

知らない町から、次の知らない町へ。

四年前、王都から逃げ出したときも、ひたすら追手から遠くへ、とそれだけを考えていた。

目的など、最初からない。ただ逃げる。ねじ伏せられ、捕らわれ、従順を強《し》いられてきて、アシュが求めるものはひたすらの自由だ。この四年の間、騙し、盗み、人々を混乱させてきた。いずれは捕らわれ、処刑されるだろうが、構わない。

命尽きるまで自由に生きる。それだけだ。

「これで乗せてくれ」

巡礼の聖者の偽装などかなぐり捨てて、アシュはいかにも訳ありそうな荷馬車を止め、御者《ぎょしゃ》に金貨を握らせた。滑り込んだ幌《ほろ》の中には盗品らしき酒樽《さかだる》が詰め込まれていた。この酒樽をどこに届けるつもりなのか、アシュには見当がついた。ここよりさらに交易の盛んな町が近くにある。人に紛れるのにはうってつけだ。

アシュが乗り込むと、すぐにまた荷馬車は走り出した。アシュは荷馬車の床にごろりと横になった。裾を絡げて走ったので、巡礼装束は乱れ、胸元からクザルフが飛び出ている。とんだ聖者さまだ、とアシュはひっそり笑い、深呼吸をした。

金の鎖で両足を繋がれ、よろよろと歩くことしかできなかった両足は、なめし皮のサンダルを履いてアシュをどこにでも連れて行ってくれる。

四年前の王都祭礼の夜、アシュは前々から密かに計画していたことを実行に移した。失敗すれば即処分される。機会は一度しかないと覚悟を決め、その準備には半年以上もかけた。

ここから逃げる。なんとしてでも自由になる。

ただ人形のように抱かれていたアシュが積極的に腰を使い、淫らなことを口にするようになったと司祭たちは面白がっていたが、アシュは媚態を見せながら、この中の誰が使えるだろうかと慎重に吟味していた。

祭礼が近づくと、アシュは「祭祀舞《さいしまい》を見てみたい」と篭絡《ろうらく》できそうな何人かの司祭に甘え、競争心を煽《あお》った。

「いたわりのお心あるスワロウ司祭さまは、わたしに祭祀舞を見せてくださるとお約束くださった」

「お優しいグレイン司祭さまは目立たないよう足の鎖を外してくださるとおっしゃった」

ただ媚を売るだけでは無理だっただろうが、競争心を煽られた司祭たちはわたしが祭祀舞を見せてやろう、とそれぞれアシュに約束をした。

「最近、地図というものに興味を持ちました。どのように見るのですか」

薬師には王都の外の地図をねだった。

王宮の薬師とは、かねてから共犯のような関係を結んでいた。

実際、貧民窟しか知らなかったアシュはさまざまなことをこの薬師から学んだ。字を読めるようになったのも彼のおかげだ。書物に親しむようになってから、アシュは積極的に薬師を自分の室に引き込んだ。読みたい書物を持って来てもらう代わりに身体を好きにさせるくらい、なんでもなかった。

脱出は、呆れるほどうまくいった。

足の鎖を外したとしても、何年も極端に短い鎖で繋がれていた両足は萎《な》えているはず、逃げられないはず、とタカをくくっていたのだろうが、アシュは密かに鍛錬していた。

祭祀舞見物の喧噪《けんそう》の中、アシュは何人もの護衛の隙をついて逃げ出した。用意していたみすぼらしい服に着替えて髪を切り、人の波に飛び込んだ。自分の足が、自分の行きたいところに連れて行ってくれる。

自由だ！

祭礼の夜だけは王都の検問も甘くなる。アシュは着ていた豪奢《ごうしゃ》な衣服や両足に残っていた金の環を売り払い、その金を遠方行きの荷馬車の主に握らせた。

王都から逃れてしまえば、秘密裡《り》に奴隷市で買った子どもを大々的に捜索することなどできるはずもない。薬師にもらった地図も大いに役に立った。

あれからもう四年も経つのか、とアシュは荷馬車の振動を背に感じながら頭の後ろで腕を組んだ。

こんなに長く捕まらずにいられたのは、本当に神のご加護があるのかもしれないな、と皮肉に笑い、小さくあくびをした。昨日から歩き通していて、さすがに少し疲れている。荷馬車は街道に出たらしく、喧噪が小さくなり、やがて木々のざわめきばかりが聞こえるようになった。

次の町に着いて、さてそれからどうするか。町が大きくなるほど人の噂が回るのも早い。巡礼の聖者のふりもそろそろ限界で、かえって危険かもしれない…。

いっそ町の人間に紛れ、少しの間真面目に働いてみるか。

ふとそんな考えが頭に浮かんだ。

いずれ捕まり、処刑されると覚悟しているが、目的もなく同じことの繰り返しで流転《るてん》していくことに、やや倦怠《けんたい》を覚え始めていた。

生まれて初めて手にした自由を謳歌《おうか》して、しかしその先にはなにもない。

虚しさが胸に広がりそうになって、アシュはやめろやめろ、と思考を止めた。そんなことを考えることこそ無駄だ。

砂利《じゃり》を弾く車輪の振動が単調に続き、アシュはごろりと横臥《おうが》の姿勢になった。目を閉じると、自分で思っていた以上の疲労が押し寄せてくる。

少し眠ろう。どうせ隣町に着くのは夜だ。

財布だけはしっかり身体に巻きつけ、アシュはそこにあった麻布の束を枕にして目を閉じた。

2

がたん、と大きく荷馬車が傾いた。

激しい振動ではっと目を覚まし、アシュは一瞬自分がどこにいるのか把握できず、がばっと起き上がった。

ああ、そうか。

眠ってしまう前のことを思い出してほっと息をつき、次に顔をしかめて口と鼻を手で覆った。生臭い血の匂いがする。人の唸《うな》り声と、小声で囁き交わす男の声。

「死んじまったか」

「ま、しょうがねえ」

まずい。

危険を察知するのはいつでも身体が先だ。

緊張でぎゅっと身体が固くなり、アシュは息を潜めて物音に耳を澄ました。馬の鼻息と胴震いする音、そしてずるずると地面を擦る音。

人の気配が遠ざかり、アシュは意を決して幌の中から外を窺った。

いつの間にかすっかり日が落ちていたが、薄闇に男が二人、協力し合って藪《やぶ》の中に何かを引きずって行くのが見えた。この荷馬車を走らせていた男の死体だ。血の匂いと異国訛《なま》りの男たちの会話に、強盗だ、とさすがに背筋がこわばった。が、怯えている暇などない。逡巡している間に男たちが戻って来たら、自分もあっという間に御者と同じ運命だ。

音を立てないようにそっと幌を上げ、次に勢いよく荷馬車から飛び下りた。

「誰だ?」

「仲間か」

荷馬車が反動で揺れ、藪の中から男たちがぱっとこっちを向いた。アシュは夢中で走り出した。

「待て!」

ひゅっと何かが風を切り、アシュの頬をかすめた。石礫《いしつぶて》だ。次に背中に重い衝撃が来て、息が詰まった。

つんのめりそうになったが、アシュは宙《ちゅう》をかいて必死で体勢を立て直した。びゅっ、びゅっ、と次々に石礫が襲ってくる。頭をかばいながら道を外れ、アシュは雑木林の中に逃げ込んだ。細い枝木を手で払いながらもがくように奥に進むと、野鳥がぎゃあぎゃあ鳴きながら頭上を飛んで行く。

必死で逃げているうち、追いかけて来る足音は聞こえなくなった。

「あっ」

もう大丈夫そうだ、と思った瞬間、ずるっと足が滑り、慌てて目の前の枝を掴んだ。

「うわっ」

ぱきんと音を立てて枝が折れた。

しまった、と思ったときにはもう遅かった。

さらに踏ん張るつもりの足元が崩れ、ぐるっと視界がまわる。木々の間から星が瞬き、身体が浮いた。

悲鳴を上げる間もなく、アシュは崖を転げ落ちていた。背中や腹に衝撃が走る。頬や耳を枝葉が叩き、口の中に土が入った。息ができない。

死が頭を過《よぎ》った。まさかこんなところで、こんなふうに。

勾配《こうばい》の角度が変わるたびに身体が跳ねる。痛い。怖い。どこまでも落ちていく。

ふっと意識が遠のいたとき、唐突に滑落は終わった。

ばらばらっと土や小石が手足を叩き、気を失いかけていたアシュはなんとか目を開けた。

生い茂った雑草のおかげで衝撃は吸収されたが、それでも全身が痛い。

激痛が来そうで、身体を動かすのが怖かった。背中も脇も足も痛い。しばらく俯せたまま、ただ痛みに耐えた。

「――う……っ」

息はできる。あちこちが痛いが、幸い内臓は無事のようだ。

指、手、足、とおそるおそる動かしてみる。動く。恐れていた激痛もない。

なんとか身体を仰向けにすると、アシュはぱちぱち瞬きをした。木々の間から星が瞬いている。目も無事だ。歯はどこかがぐらぐらしているし、頬も顎も腫れているが、舌は噛んでいない。

どこからか、水音が聞こえた。沢が近くにある。

時間をかけて起き上がり、アシュは足に力を入れて立った。ふらつくが、立てたことが気力につながった。ふらふらと水音のほうに歩き出す。月明りの中で、沢を見つけた。

膝をつき、アシュは手で水を掬《すく》って一口飲んだ。口の中を切っていて、血の味がする。

それでも水が喉を通ると、身体に沁み込んで力が湧いてきた。

「はあ……」

今夜はこれ以上は歩けない。アシュは手のひらで口を拭って野宿をする覚悟を決めた。獣が恐ろしいが、これ以上悪いことが重なるなら、それも自分の運命だ。妙に達観して、アシュはせめて少しでも安心できそうなところは、とあたりを見渡した。崖の窪地から、ぼうっと光が洩れている。

蛍か？

目を凝らしたが、淡い光は動かない。発光植物が群生しているのだろうか。身体の痛みも忘れ、アシュはおそるおそる近寄ってみた。垂れ下がる蔦《つた》をかきわけ、枝を折り、崖の窪みの前まで来た。

「――あ」

窪地と思ったのは、洞穴だった。それもごく最近まで入り口が塞がれていたようで、ぽっかりあいた穴の入り口付近だけ地面が露出している。大雨か嵐でこのあたりの地盤が緩んだのだろう。

それにしても、このほのかな光はなんだ？

覗き込むと、むっと土の蒸れる匂いがして、思ったより洞穴は広かった。がらんとした空間は柔らかな明かりで満たされている。どうやら光は地中から洩れ出ているようだ。

──昔は聖獣の里と呼ばれていました。

食堂で少女が話していたことがふいに頭を過った。

──祖母が子どもの頃までは、ドゥーナルケの山には聖獣の鱗が時々落ちていたのだそうです。

もしや、ここはあの少女の生まれ故郷の山なのか？

洞穴の中に入り、アシュは光の洩れ出ているあたりの土を掘ってみた。崩れたばかりの地面は柔らかく、すぐ爪先に固いものが触れた。アシュはごくりと唾を呑み込んだ。

「おお……」

掘り出してみると、手のひらほどの大きさの平べったい石が出てきた。土を払うと、淡い光が虹色に変わる。

信じられないが、この薄い石そのものが発光している。

ドライトンの鱗は今でも高値で売り買いされているらしいが、アシュは見たこともない。これがそうなのか。もしこれが本当に聖獣の鱗なら、ひと財産だ。アシュは急いでさらに土を掘った。さっきより大きな、球状のものが出てきた。卵のような形に興奮したが、その次は小さな欠片《かけら》で、その次も、その次も、完全な形のものは出てこなかった。

「だめか」

十数個も欠片を掘り出したところで地中からの光は消えた。

夢中になって掘っていたが、終わりか、と思うと急にまた打撲の痛みが襲ってきた。足も背中も脇もずきずきと脈打つように痛い。土の柔らかさから、またいつ崩れてくるかわからない、とアシュは掘り出した光る石をかき集めて洞穴を出た。

頭上の木々が揺れ、ばさばさっと羽音がした。夜が更けて、遠くでほーほーとなにかの鳴き声もする。

アシュは洞穴の入り口に腰を下ろした。膝の上に光る石を集め、ひとつひとつ手に取って眺めた。割れも欠けもしていないものは、結局最初に掘り出した平べったい手のひらくらいのものと、次に出てきたこぶし大の卵のような形のものだけだった。角度によって輝きが変わるのが不思議で、眺めているとたった一人でうずくまっている心細さが慰められた。

腕も足も擦り傷や切り傷だらけで、なかなか血が止まらない。じっとしていると打ち身が熱をもってずきずきと痛んだ。このまま動けなくなったら、と弱気に陥りかけ、だめだ、とアシュはぎゅっと目をつぶった。考えるのは朝になってからだ。目を閉じ、自分の呼吸だけを意識する。昔から、辛いときにはそうやってやり過ごしてきた。

……いつの間にか眠っていて、アシュは膝と腹の間で何かが蠢《うごめ》く感触で目を覚ました。

あたりは真っ暗だが、アシュの膝の上だけがぼうっと明るい。

「――えっ?」

なにが起こったのか、とっさに理解できなかった。

膝に置いていた欠片の中で、丸い卵のような形のものがぐらぐらと揺れていた。と、表面がわずかに割れた。く、とか細い声がする。驚きで息をするのも忘れ、アシュはひたすら発光している塊を凝視していた。くぅ、くぅ、と声がするたびに割れ目が大きくなり、ついにひび割れからなにかが出てきた。

濡れた黒いものが突き出してきたと思ったら、殻を破って外に出てきた。くう、と鳴いて懸命に殻を振り捨てようとしている。濡れた小さな塊は、震えていた。くう、くう、と悲しげに鳴く。

「だ、いじょうぶか……?」

どうしていいのか分からず、アシュはぷるぷると震えている黒い塊を急いで手の中に包んだ。アシュの指を小さなものがつついている。指に滲んでいた血を舐めているのだ、と気づくのに少しかかった。人間の血など舐めて大丈夫なのかと不安だったが、くう、くう、と鳴く声はさっきより大きくなった。外気に晒すのもためらわれて、アシュはひたすら塊を手の中に包み続けた。

結局、アシュは一晩それを手の中で温め続けた。自分も崖から落ちて怪我をしていたが、さらに弱いものが手の中にいる。そのことがアシュを支えてくれた。

雑木林の隙間から朝日が差してくる頃、アシュはそっと手の中の塊を外に出した。

濡れていた毛はすっかり乾いて、まるで黒いひよこのようだ。卵から孵《かえ》ったのは間違いないが、鳥ではない。短い手足には爪があり、尾もある。アシュの見たことのない生き物だ。

「まさか、ドライトンか……?」

一晩考えて、それしか思いつかなかった。手のひらの上で、寝入っていたそれがふるふるっと身を揺すって目を開けた。つぶらな瞳がアシュを見てくう、と鳴いた。逃げようとする様子はない。

もしこれがドライトンなら、今のうちに殺さねばならない。

もうとっくに駆逐されたはずの獣だが、成獣になってからでは手がつけられないほど凶暴になるため、幼獣のうちに殺してしまわなければならないことくらいはアシュも知っていた。

ドライトンを題材にした絵や物語は口述伝承によるもので、王宮で飼われていた頃、薬師がくれた怪異書物でも読んだ。ドライトンは巨大な身体で空を駆け、鱗を光らせ、鋭い

爪で人を攫《さら》う。生きたまま首を掻いて血を抜き、内臓を引き出して喰らうという。

物語に添えられた絵の残虐さを思い出して、アシュはぞくりとした。

だが、これはまだ幼獣にもなっていない。

アシュはきゅうう、きゅうぅ、と鳴く小さな黒い毛糸玉を指先で撫でた。今は薄い手足の爪はいずれ鋭く尖り、嘴《くちばし》は獲物を狙うようになるのだろうか。

「おまえが俺を喰うのか？」

小さな手足をばたつかせ、つぶらな瞳でアシュを見ている毛糸玉に、思わず笑ってしまう。こんな可愛らしい生き物をひねり潰せるのだとしたら、そのほうが怪物だ。だが、人間の大人は平気でそうする。

貧民窟で同じような境遇の子どもとなんとか生き延びていた頃、大人たちは平気で自分たちを利用し、踏み潰した。

力を持たないうちに殺されて絶滅に追い込まれたドライトンを密かに育てたら、どうなるだろう。

きゅうきゅう鳴いて指先を舐める毛糸玉に、アシュは目を細めた。その前に自分がこいつに喰い殺されるかもしれない。

「……別に、おまえにならば喰われてもいいいな」

どうせそう遠くない将来、捕らえられ処刑されるだろうと考えていた。昨日崖に足を滑らせたときも、こんな死にかたをするのかと慌てたが、無念だとか後悔だとかは一切なかった。

人を害するドライトンを育て、その餌《えさ》になるのも面白い。弱いものを弱いまま踏みつけにするやつらに一泡吹かせてやれるなら本望だ。怪異書物で読んだ、空を駆けるドライトンに貴人や聖職者たちが恐れ慄《おのの》くさまを想像し、アシュは口元を緩めた。

「おまえはサージだ」

アシュの名前は、すばしっこい、という意味の貧民窟での呼び名だった。親のいない子どもはみな、自分たちの間でだけ通じる呼び名をつけあう。聖堂につながれていた間、アシュたちは一律に「神の愛し子」と呼ばれていた。ただ聖職者たちの慰みものになるだけの存在に名前など必要がなく、髪と瞳の色で区別されていた。

足が速く、機転が利く、と仲間に一目置かれていたことを誇りにして、王都を逃れてからもアシュはそう名乗っていた。サージは「導く」という意味で、仲間のリーダー格の呼び名だった。大人に目をつけられやすい「サージ」はしょっちゅう姿を消したが、またすぐ次の「サージ」が選ばれる。

本当にこの毛糸玉のような生き物がドライトンなら、自分のこの先はきっとこいつが導いてくれる。たとえそれが喰い殺される未来でも構わない。

朝日が昇り、あたりがすっかり明るくなった。打撲の痛みはだいぶ引き、アシュはサージを懐に入れて立ち上がった。

沢で水を飲み、サージにも手に掬って飲ませてみた。明るいところで観察すると、つくづく不思議な生き物だ。ひよこのような毛並みに、未成熟な手足、つぶらな瞳が愛らしい。

アシュは首をひねった。

「……やっぱり俺の知らないなにかのヒナか？」

こんな小さな毛糸玉がどんなに成長したとしても、鱗のついた巨大な身体をくねらせて空を駆けるようになるとは思えなかった。

「まあいいや。おまえがどんなふうになるのか、楽しみだ」

話しかけると、サージはぷるっと身を震わせ、アシュの手の上でちょろっとおしっこをした。可愛くて、思わず声を出して笑ってしまった。

沢の脇に、獣道があるのを見つけた。

辿って行けば、山道も見つかりそうだ。水を飲むだけ飲んで、アシュはよし、とサージを大切に懐に入れ、気合を入れて歩き出した。

3

サージを拾ったときには青々としていた下草が、秋になって色づき、小さな実をつけ始めた。空が高くなり、梢を渡る鳥がぴぃ、と澄んだ声で鳴く。

「サージ！」

干した薬草の束を籠《かご》に入れていると、小屋の裏手からとととっと足音をさせてサージが近寄ってきた。ふさふさした尻尾を揺らし、口にはねずみを咥えている。

「また獲《と》ってきたのか」

褒めて欲しそうにふんふんと鼻を鳴らしているサージに、アシュは笑って首を撫でてやった。

サージを拾って、季節が半分巡った。

あの日、なんとか人里に下り、やはりそこがドゥーナルケ村にほど近い場所だと知った。強盗に襲われた御者が、脅されて人の少ない村まで荷馬車を走らせたのだろう。

サージが生まれた卵の殻と、そのとき一緒に見つけた虹色に発光する石は、旅商人に言い値で売った。サージを人目につかない場所で育てるのには金が必要だ。

最初にサージを拾った崖の近くに打ち捨てられた小屋があるのを見つけていたので、アシュはそこでサージを育てようと決めた。

手のひらに載るほどの毛糸玉はあっという間に大きくなり、たった一週間ほどで犬か狼のような姿になった。この調子でどこまで成長するのかと慄《わなな》いたが、そこからはさして変化せず、ふっさりとした毛並みの美しい姿で落ち着いた。とはいえ、最初の勢いは衰えたものの、まだ確実に大きくなっている。

黒い毛並みは成長するにつれて色を失い、艶やかな銀色になった。アシュの髪と同じだが、違うのは太陽の光を虹色に弾くところだ。鳴き声だけは今も可愛らしく、きゅうきゅうと鼻を鳴らし、しかし食べるのは蛇や蜥蜴《とかげ》で、自分で狩ってくる。どんどん鋭くなる歯や爪に、やはりサージは普通の生き物ではないとアシュは確信していた。

「いい子で待っててな」

王宮の聖堂にいた頃、暇つぶしに薬師から手解きされていた薬草の知識が今になって役にたち、アシュは薬草売りで生計を立てていた。目立たないよう、決まった相手のところにそっと売りに行き、最低限の食糧などを買って帰る。が、そろそろ冬のためにいろいろ備蓄しなくてはならない時期にさしかかっていた。燃料、保存食、そして大量の藁《わら》。アシュはサージを撫でながら必要なものを目論んだ。

「今日は隣の村まで行くからちょっと遅くなるけど、大人しくしてろよ」

言い聞かせると、サージはくぅう、と返事をした。自分が鎖で自由を奪われていたから、アシュはサージを繋ごうと考えたことは一度もなかった。そもそもサージがアシュのそばを離れない。少し大きくなり、自分で狩りをするようになっても、アシュが呼べばすぐ姿を見せたし、夜には必ずアシュと眠る。

「おまえはいい子だな」

賢そうな目にじっと見つめられるたび、もしかしたらサージは人の言葉を理解しているんじゃないか、という気がしてならなかった。ずっと一緒にいるうちに、アシュはサージに対して愛着を感じるようになっていた。柔らかな毛並みを撫でてると心底安らぎ、遊んでやると足にじゃれつくのが可愛くてしかたがなかった。

「おまえが言葉を話せたらいいのにな」

夜、一緒に藁の山でくっついて毛並みにそって身体を撫でてやると、サージは心地よさそうに鼻を鳴らす。鋭い歯や爪がぶつかってアシュの肌から血がにじむと、サージは長い舌で優しく舐めた。おれはもう一人じゃない、とアシュはサージの首を抱いて眠った。

「じゃあ、夕方には帰るからな」

頭を撫でてやり、アシュは干した薬草の入った籠を背負った。今日からいつもの倍を売るため、隣町にも足を延ばすつもりだった。

まず隣町の露店商に半分ほど売り、残りを持っていつもの麓の村に向かおうとしていたアシュの耳に、路地でサイコロ賭博に興じている男たちの噂話がふと入ってきた。

「ドライトン？」

男の一人が驚いたように大声を上げた。

「本当か、それ」

アシュもどきっとして足を止めた。

「炭焼きが足跡を見つけたんだとよ。まだ仔《こ》だから今のうちに殺さないと、成体になったらえらいことだって昨日から大騒ぎしてる」

「まだ生き残りがいたのか。ありゃ人を喰い殺すんだってな」

「おうよ。生きたまんま頭を食いちぎって内臓を引きずり出すんで恐ろしいってばあさんが話しとったわ」

ぎゅっと心臓が縮み上がった。

そういえば、このところサージの行動範囲はぐんと広くなっていた。呼べばすぐに来るが、以前より時間がかかるし、小屋の近くにはない小さな木の実をいっぱい毛につけていたりもする。単純にまた成長したな、とだけ思っていたが、行動範囲が広がれば、それだけ人に見つかる機会も増える。それにサージの足跡は、蹄《ひづめ》が二股に大きく割れた独特の形をしている。

早く帰らないと、と焦って麓の村まで走り、アシュは村の集会所の鐘が打ち鳴らされているのを聞いた。危険が迫っていることを知らせる鐘だ。

小屋のある山道のほうに向かおうとして、アシュはぎょっとして棒立ちになった。集会所の戸口で、斧《かま》や鉈《なた》を手にした男たちが襲撃の準備をしている。一人の男が手から血を流して女たちに介抱《かいほう》されていた。

「あのあたりには薬草売りの男が住んでるはずだが、姿がなかった」

「喰い殺されたんじゃないのか」

「沢のほうからも足跡が見つかってる」

すでに何人かが山に入っているらしく、男たちは先陣と別方向から山狩りに出るつもりで方角を確認し合っている。殺気だっている男たちの目につかないよう、アシュは細い獣道に入った。ぱしぱしと小枝を折りながら小屋に向かう。帽子を捨て、籠を放り出し、必死で走った。

「サージ！」

灌木《かんぼく》の向こうに小屋が見えてきて、アシュは大声でサージを呼んだ。

アシュは息を切らして小屋に走り込んだ。

「サージ！　サージ！」

風が吹いて木々が不穏な音をたてた。重い雲が遠くの稜線《りょうせん》を曖昧にしている。アシュは息を切らして小屋に走り込んだ。

「サージ！」

いない。いつも一緒に寝ている藁の山の中に血が飛び散っていて、ひゅっと喉が鳴った。心臓がどっどっと早鐘を打つ。アシュは小屋を飛び出した。不安が胸を締めつけ、手も足も震えた。

サージを育てようと考えたのは「本当にこいつはドライトンなのか？」という好奇心が一番だった。

もし手の中で卵から孵した小さな生き物がドライトンなら、牙と鋭利な爪を持つまで育てて町に放ち、弱いものをいたぶってきたやつらに泡を吹かせてやりたい、その前に自分が喰い殺されることになっても一興だ、と思っていた。ただそれだけだった。

でもいつの間にかサージはアシュの心の支えになっていた。

成長を見守り、一緒に眠ってぬくもりを分け合った。ときに尖った歯でアシュの肌に傷をつけてしまうこともあったが、いつも滲んだ血を舐めてくれた。

サージがいなくなったら、と想像するだけで目の前が真っ暗になった。

仔のうちに殺してしまえ、という残虐な声に怒りが湧き、アシュは歯を食いしばった。

害獣を駆逐しようとしている男たちの声がどこからか聞こえてくる。サージはまだ幼獣なのに。悪いことなどなにひとつしていないのに。やはり大人の人間は醜悪だ。斧を持って殺気だっていた男たちに胸が煮えた。だが、男たちが山狩りをしているということは、サージはまだ殺されていない。きっと傷ついてどこかに隠れている。アシュは灌木や茂みの間を死に物狂いで探し回った。

「サージ」

強い風が吹いて、雨粒が頬を叩いた。アシュはふと自分の名前を誰かが呼んでいる気がして振り返った。

「あぁしゅ」

今度ははっきり聞こえた。

「あしゅ」

見事な銀髪の男の子が、そこに立っていた。四歳か五歳、——そして裸だ。

驚きのあまり、アシュは棒立ちで男の子を凝視した。どんより曇っているのに、巻き毛の銀髪は陽光《ようこう》を浴びているように艶やかに輝き、灰色がかった青い瞳は一心にアシュを見つめている。

「あぁしゅ！」

男の子がぱっと駆け寄って来た。迷いなく抱きつかれ、アシュも反射的にしゃがんで受け留めた。

サージだ。

これはサージだ。毎晩一緒に眠っている身体が直感した。

「なんで――」

眩暈《めまい》がして、喉がからからになった。まさか、まさか、とこめかみが脈打つ。

「そんな、そんな…ことが」

害獣を探す男たちの声がまだ響いている。

「――怪我は！」

藁の山に血がついていたことを思い出し、アシュはしがみついてくる男の子を引きはがして確かめた。手に血がついているが、怪我はしていない。ただ、その爪に人間の髪が巻きついていた。

アシュは反射的に男の子を抱きかかえ、小屋に駆け込んだ。手近にあった衣類を頭から被せていると、大人数の声と足音が近づいてきた。

「おい、無事か」

「薬草売りがいたぞ」

「生きとる」

人里に下りるときにはできるだけ目立たないように気をつけていた。村人にとってのアシュは、いつの間にか朽ちかけた山小屋に棲みついていた貧しい薬草売り、とくに害もないので放置していた、くらいの認識だろう。

「おい薬草売り、危ないから早く出ろ！　さっきドライトンの仔がここにいて、一人腕をやられたんだ。もうちょっとで頭もやられるとこだった」

「子どもがいるじゃねえか。ドライトンに喰われるぞ」

「はい、ありがとうございます」

アシュはサージを抱え、なにかあったときのためにまとめておいた荷物を取って小屋を出た。

「あーしゅ…？」

不安げにきょろきょろしているサージを安心させるために笑って見せ、口を利くな、と目で伝えた。

怯えたふりで男たちに頭を下げ、なにか訊かれる前にサージを抱えて小屋から離れた。

幸いみな害獣駆除に気を取られていて、アシュと子どもを見咎める者はいなかった。

「なあサージ、おれと一緒にどこか遠くに行かないか」

サージが人の姿になれるのなら、どこにでも行ける。問いかけると、腕の中でサージがじっとアシュを見つめた。つぶらな瞳が、一晩手の中に包んで守ったときのことを思い出させた。

「行くあてはないけど、おれが必ずおまえを守る。二人なら、寂しくないよな？」

アシュを見つめていた瞳がなごみ、サージはあどけない笑顔でくっついてきた。

「おまえ、笑えるのか」

くんくんと鼻先をくっつけてくるだけだったサージが名前を呼び、笑いかけてくれる。胸が詰まるほど可愛くて、アシュは力いっぱい抱きしめた。幼い子ども特有の、甘い肌の匂いがする。

この子さえいてくれれば、他にはなにもいらない。

アシュは荷物を背負い、サージと手を繋いだ。幼い手から、全幅《ぜんぷく》の信頼が伝わってくる。

ざわざわと木々が揺れる音に交じり、男たちが山狩りをしている声が聞こえる。そっちはどうだ、絶対に殺せ、足跡があったぞ、油断するな——この子はなにもしていないのに。

アシュはサージの手をぎゅっと握った。

「あ、ぁしゅ」

サージのたどたどしい声が自分の名前を呼ぶ。ぽつりとなにかが顎から落ちた。雨が降り出したのか、と思ったが、サージの心配そうな顔に、自分が泣いているのだと気がついた。

サージが、無事だった。

辛くて泣いたり、痛くて泣いたりはしょっちゅうだったが、それ以外で泣いたのは初めてだ。

「なんでもない。おまえが無事で、ほっとして涙が出ただけだ」

今になって小屋で血を見たときの絶望が押し寄せて来て、あとからあとから涙が溢れ、嗚咽《おえつ》が洩れた。思わずしゃがみこんでサージを抱きしめた。

「よかった。本当によかった…！」

サージのふっくりした手がアシュの濡れた頬を拭ってくれた。

「ありがとう」

いつの間にか今にも降り出しそうだった雲が切れ、日差しがベールのように山々を照らしていた。

「さあ行こう」

アシュは目元を拭うとサージに微笑みかけた。

立ち上がると、今度はサージのほうからアシュの手を探して繋いできた。迷いなく自分の指を握ってくれるちいさな手が心底愛おしい。

この子のためなら、なんでもしよう。

「これから、サージはおれの相棒だ」

思えば、生まれてこのかたアシュには「相棒」という存在がいなかった。貧民窟の仲間はしょっちゅう入れ替わったし、王都を脱してからは常に移動し続けている。この半年、アシュは生まれて初めて自分以外の温もりを感じながら暮らした。満ち足りていた。

サージの足取りにあわせ、アシュはゆっくりと歩き出した。

4

石畳を車輪が軽快に跳ねる。

サージの銀色の巻き毛も陽光を撥ね返して揺れ、見開かれた青い瞳は好奇心で輝いていた。

「アシュ、あれはなんだ？」

サージが小声で訊いた。石畳の両脇には今までいた田舎町にはなかった立派な家屋敷《いえやしき》が続いている。

「裕福なかたのお住まいでしょう」

「住まい？　家なのか？　それじゃあれは？」

「食堂ですよ」

答えながら、その言葉遣いをなんとかしろ、と目で叱る。小声でのやりとりなど車輪の音で聞こえはしないだろうが、人前では「巡礼の聖者とそのお供」の芝居は常にしておくに限る。

サージが小さく首をすくめ、「承知しました」とわざとらしい慎ましやかさで答えた。

乗り合いの馬車で、サージとアシュは御者のすぐ後ろの席に並んで座っていた。向かいには身なりのいいご婦人とその娘らしき二人が座り、さらにその隣には裕福そうな商人がどっかり腰を下ろしている。三人とも聖職者の白い巡礼服を着たアシュとサージに興味津々のようだ。特に娘のほうは明らかにサージを意識している。

銀髪に青い瞳はアシュと同じだが、アシュが慎ましく清楚な佇まいなのに対して、サージは精悍《せいかん》で、そして持っている雰囲気が明るい。娘が一目で好感を持つのも当然だった。

ドゥーナルケの山から出て、三年ほどが過ぎた。

初めて人の姿になったときは四歳くらいに見えたが、今のサージは年ごろの娘が気にするのにふさわしい年齢に見える。まだ精通は起こっていないが、普通ではない速さで成長しているので、そろそろ完全な大人になるのも近いだろう。

サージは今も眠るときだけは獣の姿に戻る。

長い銀の毛並みや、ふさふさした尻尾をアシュに撫でてもらうのがなにより好きで、毎晩一緒に眠っている。

「あの、このようなところで、失礼ですが」

婦人が思い切ったように声をかけてきた。

「わたしと娘に、神リエラのご加護を頂けませんでしょうか」

「ええ、もちろん。喜んで」

アシュは穏やかな笑みを浮かべ、胸のクザルフに手をやった。サージが心得て隣で両手を組み、目を閉じる。

「神リエラ、どうぞ清らかなる祝福と寛大なる加護を」

なめらかに文言を唱えながらクザルフを額の位置に掲げると、目を閉じていたはずの娘のほうが、ちら、とサージを盗み見た。サージは気づいていない。色恋に目覚めるのにも、まだもう少しかかりそうだ。

だが、そろそろそのときはくる。

「ありがとうございました」

婦人がお礼の包みを差し出し、アシュはもう一度クザルフを掲げ、鷹揚《おうよう》に受け取った。

「主さま、どうぞ」

目的の場所につき、サージは先にひらりと降りると、アシュに手を差し出した。まるで淑女のように手を取られ、アシュは馬車を下りた。

この町に来たのは、七年ぶりだ。

アシュは巡礼用のベールをかぶり、あたりをそっと見回した。王都に隣接する、文化も交易も盛んな華やかな町だ。

七年前の王都祭礼の夜、ひしめく人々に紛れて、アシュは王都の検問をすり抜け、この町に逃れた。

王都は周囲に高い城壁を巡らせ、ふだんは決まった時間にだけ門を開ける。検問は厳しく、少しでも様子の怪しい者は足止めされ、捕らえられる。が、一年に一度の祭礼の夜だけは神リエラの名のもとに門という門が開け放たれ、人々は容易に行き来ができた。祭礼の夜に罪を犯した者は神の怒りに触れると信じられており、その夜門を閉ざすことは、すなわち神を信じていないということになるからだ。

アシュは神の怒りなど信じていない。祭礼の夜に神を裏切り、逃げ出した。そのあとも罪を重ねて生きてきたが、七年経ってもまだ神はアシュを見逃し続けている。

「すげえ。本当に大きな町だ。人もいっぱいいる」

サージが好奇心いっぱいにあたりを見回した。

見た目は品があるのに、言葉遣いもすることも、サージはどうにも粗野だ。もともとの気質もあるのだろうが、一時期身を寄せていた聖堂が下町にあり、そこで仲良くなった近所の少年たちにだいぶ影響された。最低限の礼儀作法は教えているが、のびのび育ってほしい気持ちもあり、見かねたときだけ注意して、あとは好きにさせていた。とはいえ根は素直なのでアシュの言うことはよく聞き分けるし、いつも上機嫌なサージはどこに行っても可愛がられる。

そんなサージをアシュも愛しく思っていた。

「行こう」

人前では「巡礼の聖者とそのお供」として振る舞っているので、歩き出すとサージは一歩下がってついてくる。

三年前、山から下りるときには小さな手を繋ぎ、幼い歩調に合わせて歩いたものだが、今ではサージのほうが背が高く、歩幅も広い。道行く人がふと足を止め、こちらに視線をよこした。

「巡礼の聖者さまだ」

「なんと麗しい」

「まるで絵のようではないか」

どこに行ってもアシュとサージは人目を引いた。同じ銀髪と青い目なのに、静かで物憂げなアシュに対し、いかにも成長期の溌剌《はつらつ》としたサージは持っている雰囲気が正反対で、そこも人々の好奇心をそそるようだった。

「この町の聖堂なら、大きいんだろうな」

四つ辻に差し掛かり、サージが屈託なくあたりを見回した。田舎町ばかりを巡っていたので、あれもこれも珍しくてならないようだ。そして当然のように聖堂を探している。どこに行ってもまずアシュが足を向けるのが聖堂だからだ。

巡礼の聖職者を騙って戸を叩き、しかし今はもうサージを拾う前のような悪行からは手を引いている。宿と食事だけを求め、人手が足りていない聖堂では労働しながらしばらく滞在させてもらうが、長く居つくとサージの異様な成長の速さが露見するので、すぐまた旅に出る。その繰り返しで三年が過ぎた。

そしてそのたった三年で、サージはアシュの背を抜いてしまった。

「サージ、いいか？　おまえはおれが西方巡礼の旅の途中で拾った子どもだ。年は十六。

親は盗賊に殺されて、兄妹とは生き別れた」

「うん」

サージは「わかってるって」とほがらかに笑った。その口元からは、尖った歯が左右にちらりと見える。夜には甘えてアシュの指を甘噛みする歯だ。たまに強く噛まれて血が滲むが、それをちろちろ舐めるのも、サージのお気に入りだった。

今では眠るときにしか獣には戻らず、昔は蜥蜴や蛇を狩っていたと教えても「嘘だ」とびっくりしているが、アシュの指を甘噛みしているとき、サージはいつもうっとりした目をしている。

「あ、鐘だ」

サージが顔を上げた。

まだ日が暮れるまでには時間があるが、大きな町では時間を知らせるために聖堂が決まった時間に鐘を鳴らすことが多い。高い鐘の音が響き渡ると、あちこちの食堂の戸口が開いて、看板や花飾りの準備を始めた。

「あそこだな」

鐘の音が聴こえてくる方向を探すと、緩やかな坂道の突き当りに尖った塔とクザルフを象《かたど》った塀が見えた。

「ようこそ、よくいらっしゃいました」

アシュが予想していた通り、聖堂には複数の司祭が勤めており、巡礼を装ったアシュとサージはごく当たり前に受け入れられた。

「なんだか宿屋みたいだな」

他にも巡礼者が何人もおり、みなそれぞれに部屋をあてがわれていた。

食堂で質素な食事を供《きょう》された後、一番端の部屋に案内され、サージは目を丸くしていた。寝台と卓しかない殺風景な部屋だが、野宿することも珍しくない生活を続けてきた身には十分すぎるほどだ。

「ほとんどの巡礼者の最終目的地は王都の聖殿だからな。ここで王都に入れるまで待つんだろう」

「待ってたら入れるのか?」

「普段はいろいろ条件が厳しいが、王都祭礼の夜なら間違いなく入れるはずだ。そういえばもうそんな時期だな」

毎年夏に行われるが、具体的な祭祀の日は大司教の占いで決まる。今年がいつなのかはわからないが、他の巡礼者の様子からすると近いようだ。

「おれは王都になんか、本当は近寄りたくもなかったが」

「しょもついん、があるから来たんだろ?」

サージがあくびまじりに言った。

この町に来る理由は話していた。ただ「書物院」がどういうところなのか、なぜアシュが書物院に行きたがっているのかまではよくわかっていない。

サージは決して愚鈍ではないが、興味のあることとないことがはっきりしていて、どうでもいい、と判断したことについては呆れるほど無頓着だった。人前では絶対に獣の姿を見せないこと、巡礼者として振る舞うこと、というアシュの言いつけはちゃんと守るが、あとは自由気ままだ。

「サージ、もういいぞ」

眠そうなサージに、アシュは部屋の戸をしっかりと閉めた。サージが服を脱ぎ、みるみる獣の姿に戻っていく。銀の巻き毛は柔らかな毛並みになり、ふっさりとした尻尾はアシュの手にあまるほど大きい。

「おいで」

アシュは寝台に座ってサージに手を広げた。獣は甘えるように膝に頭を載せてくる。しばらく頭を抱いて背を撫でてやり、尻尾の手触りを楽しんだ。

——また少し成長した。

人の姿でも日々大人の男になっていくのは見ていてもわかる。寝るときにこうして撫でてやると、さらにそれを実感した。ふわふわした柔毛だったものが艶やかでしっかりした毛並みになり、身体つきもがっしりと頑丈になった。

くうぅ、と甘えた鳴き声だけは昔とあまり変わらず、アシュは微笑んで一緒に寝台の中に入った。

少しでも目を離したら死んでしまいそうな雛の時期から、寝るときはいつも一緒だ。成長するにつれ、サージの眠る位置はどんどん変わった。アシュの首元で安心したように眠っていた雛は、今は成長してアシュを抱き込むようにして眠っている。尻尾がゆるゆる足を撫で、耳がアシュの頬を撫でる。

「――おやすみ、サージ」

指を咥えさせると、目をつぶったまま甘噛みしてきた。くう、と甘えるような声を洩らし、長い舌がねっとりと指を舐める。そこに性愛の要素はない。少なくとも、サージにその自覚はないようだ。

だが、もうすぐ精通がくる。

その前にドライトンの生態を知らなくてはならない。

アシュが書物院を求めてこの町に来た理由だ。

サージを拾う前、アシュがドライトンについて知っていたのは、美しい鱗を煌めかせて空を駆け、攻撃してくる人間は頭をむしり内臓を引きずりだして喰らう、ということくらいだった。卵から孵ることも、人の姿になれることも知らなかった。

知識を得るためには文献を探すしかない。

かつてアシュに字を教え、書物を与えてくれた薬師もこの町に住んでいた。書物のような特殊で高価なものは、一般人にはなかなか手に入らない。調べものがしたいのならなおさらだ。書物院なら対価を払えば一定の時間そこにいて、置いてある書物を自由に閲覧することができるらしい。

アシュの指を甘噛みしていたサージが、長い舌で手のひらを舐め始めた。もう半分眠りかけているが、尻尾はゆらゆらとアシュの股間から背中に回って、柔らかく動いている。

「――サージ……」

無邪気でまだ性を知らないサージ。しかし、このところアシュの匂いを嗅ぎ、指を舐めて、サージは明らかにもぞもぞと腰を揺らすようになっていた。性感を覚え始めているのがわかる。

この先ドライトンがどういう過程を経て成体になるのか、その正確な知識を得ておきたかった。

どんなふうに精通を迎え、どういう手段で番を見つけるのか。

気づくとサージはいつものように健やかな寝息を立てていた。前足がアシュの腕にかかり、尻尾は腰に巻きついている。

できることならずっとこのままでいてほしいが、大人になるのは避けられない。

自分が守ってやれるのは、あとどのくらいだろうか。

別れが近いことを予感しながら、アシュはサージを優しく撫でた。

5

「書物院？」

翌朝、早朝の勤めと清掃奉仕をしたあと、アシュは巡礼者たちの世話を取り仕切っている司祭に書物院の場所を尋ねた。

神に仕える者というより文官の雰囲気を漂わせている小柄な司祭は、怪訝そうにアシュを見返した。

「はい。この者に書物の読みかたを教えたく思いまして」

いつものように一歩後ろに下がっているサージのほうを振り返ると、サージはにこりと司祭に微笑みかけた。

「孤児で、読み書きが十分ではないのです。この町には書物院があると耳にしました。十分な書物があれば、学習も進みましょう」

「書物院なら、この聖堂の中にある」

「そうなのですか」

驚いたが、考えてみれば聖堂も書物院も裕福な町人たちが財を出し合って建てるものだ。同じ敷地にあってもおかしくはない。

「わたしたちが書物院に入ることは許されましょうか？」

司祭はさて、とわざとらしく顎に手をあてて考える顔になった。神に仕える者どもはなぜこうも揃って強欲なのか、とアシュは内心で嘲《あざけ》った。人がなにかを求めれば、必ずもったいぶって価値を吊り上げる。

面倒だ、とアシュは手っ取り早く色仕掛けに出た。

「司祭さまのお力をわたしに貸してはいただけませんか…？」

思わせぶりな目つきで見つめると、司祭はおや、というように眉を上げ、すぐに口元を緩めた。アシュはサージの視線を背中で遮り、司祭にだけわかるように上目遣いで囁いた。

「司祭さま、もうひとつお願いがございます。あとでわたしの告解を聞いていただきたいのですが」

告解室では二人きりだ。子どもの頃はただ一方的に貪られたが、今は取引の材料にできる。

「今夜はお忙しいでしょうか…？」

悩ましげに声を潜め、さらに一歩司祭に近づく。司祭がごくりと喉を鳴らし、すぐ取り繕うように咳払いをした。

「そのあとに書物院の鍵を貸していただければ幸いでございます」

「可哀そうな子どもに読み書きを教えるのは神リエラの慈悲に触れよう」

司祭は重々しく言いながら、聖職服の隠しから鍵の束を取り出した。

「書物院は、中庭の向こうの地下道から入れる。これが鍵だ。告解は夕食のあとにしよう」

「ありがとうございます」

先払いにしてくれるとは気前がいいな、とアシュは真鍮《しんちゅう》の鍵を受け取った。火事で焼失することをおそれ、書物はたいてい地下に保管されている。

「確かにお借りいたしました」

サージが違和感を持たないうちにとさりげなく司祭から離れ、アシュはことさら礼儀正しく鍵を掲げた。

「中庭では薬草を育てておるゆえ、踏まないように気をつけて参れ」

「承知いたしました」

サージを促して中庭に出ると、初夏の爽やかな風が吹き抜けた。

東屋や整然とした小道もあって、薬草園はきれいに整備されていた。何人もの下働きが日差しを遮る被りをしてせっせと作業をしている。予想以上に広い薬草園に、ほお、とアシュは足を止めた。止血効果のあるミゾナや、眩暈をおさえるヨウカロナ、宿根で勝手に育つものから手をかけてやらねば枯れてしまうものまで、夏の薬草が揃って風にそよいでいる。

「失礼いたします」

誰にともなく声をかけ、アシュは中庭に足を踏み入れた。巡礼装束の裾が風でなびく。

「書物院に行くのか？」

アシュが手にしている真鍮の鍵に気づいたらしく、近くで雑草を抜いていた男が声をかけてきた。

「はい。司祭さまにお許しを頂きました」

難癖をつけられないように、アシュはにこやかに返事をした。男は雑草を籠に入れながら、顔を上げた。

「――おまえ」

アシュと視線が合ったとたん、男はひゅっと喉を鳴らした。

勢いよく立ち上がったのに驚いて後ずさると、サージが庇うようにアシュの前に出た。

「おまえは王都の聖殿にいた『愛し子』だろう。俺だ、覚えてないか？」

男がサージを押しのけるようにしてアシュに近寄った。日焼けしたその顔に、見覚えがあった。

「――あなたは」

薬師だ。

驚きのあまり、アシュは棒立ちになった。

お互い名前など知らないが、七年前、王都の聖殿にいた頃、司祭たちにいいように扱われ、傷つき熱をだして寝込むたびに手当てをしにきた男だ。ぎょろりとした目や太い眉、そして頬のあばたに見覚えがある。そして相手もアシュの額に目をやっていた。できることなら他人の空似でやりすごしたかったが、アシュの額にはごまかしの利かない傷痕がある。風で髪が乱れ、額が露わになっていたので隠す間もなかった。

「こんなところで再会するとはな」

薬師が破顔《はがん》した。

クザルフと同じ形の傷痕を見られては、シラを切りとおすこともできない。観念してアシュも曖昧に微笑んだ。

おまえは美しいばかりに攫われ、こんなところで慰み者にされて可哀そうにな、と言いながら、薬師は自分もアシュの足を開かせた。が、一方で薬師はさまざまな知識を与えてもくれた。字が読めるようになったのも、薬草の効能や使い方を覚えたのも、この男のおかげだ。

それに、少なくとも薬師は司祭たちのようにグロテスクな玩具で弄んだりはしなかったし、首を絞めて半死半生の目に遭わせて楽しんだりもしなかった。

「――あのころはお世話になりました」

薬師は昔にくらべてずいぶん痩せて貧相になった。王宮に呼ばれるほどだった薬師が、聖堂の庭で下働きをしているのも意外だ。

「おまえは相変わらず見目麗しいな」

アシュがなにを思っているのかはお見通しらしく、薬師は自虐的に笑った。

「そして巡礼の聖者となっていたとは驚きだ」

アシュの首にかかっているクザルフは本物だ。かつて「祈りなさい」と王宮の司祭が首に下げた。禁忌を犯す興奮のために神をも冒涜する厚顔さには今さらながら呆れるばかりだが、これがあったおかげでどこでも簡単に騙すことができた。薬師は一瞥《いちべつ》でアシュが今までどうやって生きてきたのか見通したらしく、ふっと笑った。

「安心しろ、今さらつまらぬことは誰にも言わん」

一瞬警戒したが、薬師は声を落として囁いた。

「それよりせっかく再会したんだ。あとで俺も書物院に行く。待っててくれ」

「しかし」

下働きの男を勝手に書物院に入れるわけにはいかない。断ろうとすると、薬師は「大丈夫だ」と苦笑いをした。

「今はこんななりをしているが、俺は書物院の管理も任されているんだ」

「そうでしたか」

下働きをしているのかと思ったが、どうやら薬師は管理者の立場のようだった。今もアシュと話をしていることを見咎める者はいない。

「では、あとでな」

「承知しました」

そう答えるしかない。ひとまず薬師と別れ、アシュはサージとともに中庭の小道をたどり、地下道に下りた。

「アシュ、あの男は誰だ？」

二人になると、さっそくサージが訊いてきた。あれは何？　これは何？　と好奇心旺盛なサージはいつもアシュを質問攻めにする。が、いつもの無邪気な質問とは違い、声に敵意が潜んでいる。

「昔の知り合いだ。心配いらない」

サージが成長した今はなくなったが、旅の途中では何度も野盗に襲われそうになったことがある。そのたびになんとか逃げ延びたが、そのせいでサージは知らない男がアシュに近づくと警戒する。

「アシュはあの男と親しかったのか？」

知り合いだと聞いて、サージはさらに声を尖らせた。

「そうだな。かなり親しかったな」

「俺よりも？」

かつての関係を思って皮肉に笑うと、サージがつっかかるように訊いた。

「ばか、なにを言ってる」

やきもちだったか、と気づいてアシュは微笑ましくサージを見やった。

「おまえはおれの唯一だといつも言ってるだろう」

優しく言い聞かせると、サージの青い目が他愛もなくなごんだ。

「おまえより大切な者などいない」

「うん」

素直で純真なサージが可愛くてならない。アシュは手を伸ばしてサージの首のあたりを撫でてやった。

「行こう」

ほの暗い地下道を少し行くと、書物院の扉に突き当たった。鍵を差し込むと、サージが重そうな扉を楽々と押し開けた。

「すげえ、こんなに書物がある」

いつものように先に様子を見に入り、サージが声を上げた。

いつのころからか、危険が及びそうなところに行くと、先にサージが前に出るようになっていた。

大事に育ててきた子がこんなにも立派に成長した、とアシュは誇らしく思っていた。

「見ろよアシュ、これぜんぶ書物だ」

サージのあとから入ってみると、地下独特のひんやりとよどんだ空気は、しかし予想していたほどではなかった。天井に小さな空気穴がいくつかあり、そこから光が洩れてきて案外明るい。入り口のすぐそばにランプが置いてあり、明かりを灯すとかなり広い書物院の中が見渡せた。

天井まである棚にはぎっしりと書物や地図、図録などが収められている。書見台《しょけんだい》の代わりに巨石の切り出しが中央に置いてあり、長椅子や足置きなども用意されていた。

サージには退屈しないように美しい絵のついた図録を出してやり、アシュは目的の書物を探し始めた。

貴重な書物ほど高い棚に置かれ、勝手に持ち出されにくいようにしている。

都市地図や古文書、歴史書などの棚を一つ一つ調べ、ドライトンの生態について記述のありそうな書物を探す。

「アシュ、さっきの男が来たぞ」

高い台に上がって一冊一冊中身を吟味していると、サージが声をかけてきた。その後ろに薬師がいる。着替えたらしくこざっぱりとした恰好で、宮殿でアシュに読み書きを教えてくれたころの佇まいだ。

「先ほどは、失礼いたしました」

アシュは棚から引き出していた図録を手に、踏み台代わりにしていた足置きから下りた。

「おまえさんたち、どうやらいろいろいわくがありそうだな？」

薬師がにやりと笑った。サージがいつでも攻撃をしかけられるように間合いをとっている。アシュは目で「大丈夫だ」と合図を送った。薬師はなにも気づいていない。

「面白い話を聞かせてくれそうだ。俺はあれからいろいろあって、見ての通りの落ちぶれぶりだが」

「正直、驚きました」

「おまえのせいだ」

薬師が目を眇《すが》めた。

「わたしの？」

もしや、とは思っていた。

飼われていた王宮から逃げ出すとき、アシュはこの薬師から王都の近隣地図をねだった。その前から無聊《ぶりょう》にまかせて薬師を自分の室に引き入れ、秘密の関係を結んでもいた。もしそれらが暴かれたなら、薬師は厳しい処罰を受けたはずだ。

反射的に身構えたアシュに、薬師が声を出して笑った。

「安心しろ、おまえのせいだが、おまえにはなんの責任もない。ただ俺が愚かだったというだけのことだ」

意味がわからず戸惑うと、薬師はふふんと眉を上げた。

「それにしても、おまえが司祭たちを誑《たぶら》かして逃げたときには驚いた。みなどうせ遠くまでは行けまい、すぐに捕まる、とタカをくっていたが、おまえは事前に準備を重ね、計算ずくで脱したのだな」

「薬師さまから教えていただいた知識がございましたから」

反応を窺いながら言うと、薬師は鼻を鳴らした。

「正直、俺は覚悟したよ。すぐおまえとの関係を厳しく質《ただ》されるだろうとな。しかし簡単な調べがあっただけで、なにも知らない、と答えたらそれで通ってしまった。おまえは俺と通じた証拠になりそうなものは綺麗に片づけてくれていたし、俺のことはあんな醜い男には指一本触れさせてやるものか、とみなに言いふらしておいてくれたのだな。おかげであっさり無罪放免された」

「あなたは貧民窟育ちの淫売に読み書きを教え、さまざまな知識を与えてくださった。そのくらいのことはいたします」

「実に素晴らしい！」

薬師がおおげさに両手を広げた。

「が、そのおかげで俺は『聖殿の神の愛し子』はみなおまえのように聡く、義理固いものだと錯覚した。実に愚かだった」

少し考えて、アシュは肩をすくめた。

「わたしの後釜にも手を出して、その子に告げ口でもされましたか?」

アシュの推測に、薬師はまた口を開けて笑った。

「ほんとうにおまえさんは賢い」

「ああ、アシュは賢いぞ。なんでも知ってる」

サージが誇らしげに口をはさんだ。

「それで、この子はおまえとどういう関係なのだ?」

薬師が改めてサージに目をやった。

「髪と目が同じ色だが、まさか血縁ではあるまい」

アシュに親兄弟がないことは薬師も知っている。

「縁あって一緒に旅をしております」

曖昧に答えながら、アシュは頭の中で忙しく考えを巡らせた。

薬師は王宮を追われたらしいが、薬師としての腕はもちろん、博識で、書物の読み解きかたも一流だった。王都を追われたあとでもこうして聖殿の薬草園や書物院の管理を任されているのもその証だ。

「もしよければ、少しお力を貸してはいただけませんか」

アシュは薬師の反応を見ながら切り出した。

「わたしが過去のことがありながら王都の近くに戻って来たのは、ここしか書物院のあるところを知らなかったからです。どうしても書物院で調べものがしたかった」

「ほう」

薬師の目に好奇心が宿った。

「何を調べる？」

「聖獣についてです」

半ば賭けだったが、アシュは正直に答えた。おまえの瞳はドライトンの鱗のように美しい——そう言ったのもこの男だ。

「ドライトン？」

薬師が虚《きょ》を衝かれたように目を見開いた。

「生態が知りたいのです」

「もう何十年も前に絶滅した害獣の何を知りたいのだ」

「実は、ドゥーナルケの山で偶然ドライトンの鱗を見つけたのです」

「ドライトンの鱗を？　本当か？」

「ええ。生活の糧に売ってしまいましたが。そのときに、鱗と一緒に卵の殻も見つけたのがずっと気になっておりまして」

「卵？」

薬師の声が驚きで跳ね上がった。

「それは鱗の欠片の見間違いではないのか？」

「ええ、そうかもしれません。商人も半信半疑のようでした」

薬師の反応に、アシュは慎重に答えた。

「ただ、商人はこれは確かに鱗より滑らかで美しい、とさらに高値を出しました」

「…ほう…」

「ドゥーナルケでは聖獣が姿を現していた時期もあったとか。わたしが鱗と卵の殻らしきものを見つけたのは洞穴ですが、どうも嵐のあと地面が崩れたようで、長らくそこに埋まっていたのが露出したのではないかと思っているのです」

「ありうるな。しかし、鱗はともかく卵の殻というのは……確かに気になる」

薬師はしばし目を宙にやって考えを巡らせていたが、アシュの使っていた踏み台を奥まった場所に引きずって行った。

「確かこのあたりだったが…おい、その明かりをこっちに持って来てくれ」

アシュが明かりをかざすと、薬師は棚のてっぺんあたりをうろうろと指さしてなにかを探し始めた。それから近くに来ていたサージを手招きした。

「おまえさんなら手が届くな。あのあたりの書物をぜんぶ下ろしてくれ」

薬師に指示され、サージは天井まで届く書棚の一番上の書物を下ろし始めた。サージは楽々と引き出して渡してくるが、一冊一冊がずしりと重く、サージから受け取った書物を薬師と交互に書見台代わりの巨石に運んだ。

「アシュ」

サージが突然大声を上げた。

「これ、光ってる」

「え？」

ぼうっとした淡い光が、サージの触れた書物から洩れ出ている。薬師が「なんだ!?」と大声を出した。

――この光は。

アシュは思わず息を呑んだ。

――これは、あのときと同じ光だ。淡い、滲むようなこの光――ドゥーナルケの崖下でサージを見つけたときに見た光。

た。

「熱くはないのか?」

サージが書物を引き出し、薬師が慌てて訊いた。サージは首を振った。

「なんともねえよ——あれ?」

薬師のほうに差し出して、サージの手から離れたとたん、書物から洩れていた光が消えた。

「どういうことだ…?」

おっかなびっくり書物を受け取った薬師は、気味悪そうに急いで書見台に運んだ。

「もしかして、おまえさんが触れると光るのか?」

薬師がふと思いついたようにサージを見た。

「俺が?」

踏み台からひょいと下りて、サージは無造作に書物の表紙に触れた。

「おお」

薬師が一歩後ろに下がった。書物全体が淡く光り、サージが手を離すと消えた。

「どういうことだ!?」

混乱したように薬師ががしがしと頭を掻いた。サージも目を丸くして自分の手のひらを眺めている。アシュはごくりと唾を呑み込んだ。

「ん？」

薬師が書物の表紙に顔を近づけた。

「これが光っているのか…？」

表紙の扉の裏側に、砂のような細かい粒で模様が描かれている。鱗の粉だ、と直感した。

薬師に促されてサージが指先で触れると、はたして粉が発光した。

「どうなってるんだ？　おまえさんはいったい何者なんだ」

驚いて自分の手を見ているサージから、薬師はアシュに視線を向けた。

「おい、この子はいったいなんだ」

気色《けしき》ばんだ声に、アシュはぐっと拳を握った。ごまかすための言い訳や、あり得そうな話を捏造《ねつぞう》するのはできなくもない。が、薬師は自分より知識があり、はるかに見識も広い。騙しおおせるとは思えなかった。それならばいっそのこと――。

アシュは息を吸い込んだ。

「この子は、わたしが拾ったドライトンの仔です」

薬師は無言でアシュを凝視した。

「――今、なんと？」

やや して薬師が掠れた声で訊いた。まさか、と笑い飛ばそうとして、今見たばかりの不思議な現象に頭がいっぱいになっているのがわかる。

「サージは、わたしがドゥーナルケの山で拾った卵から孵った仔なのです」

「俺をからかってるのか？」

「サージ」

アシュは薬師に目を据えたまま、サージに姿を変えて見せろ、と合図をした。中途半端に知られ、疑念や虞《おそれ》を抱かせたままにしておくわけにはいかない。

動揺を見せないよう、平静を装い、アシュは薬師に向かって微笑んでみせた。

「驚きませぬよう」

ためらっているサージに、アシュはもう一度目で促した。いいのか？　と目で訊き返され、大きく頷く。

サージは服を脱ぎ、すっと息を吸い込んだ。

「――うぉおおっ？」

薬師が仰天して後ずさった。

毎晩目にしていることなのに、他人がいる前で見るのは初めてで、アシュも背中がこわばった。

サージの手足が縮み、みるみる四つ足に変化していく。目が吊り上がり、口が裂け、毛が生えて、あっという間に獣の姿になった。

「嘘だ嘘だ嘘だ」

薬師は両手で頭をおさえ、恐慌を起こしている。

「おいで」

片膝をついたアシュのところまで来ると、サージはアシュの手に頭を擦りつけ、きぅ、と可愛らしく鳴いた。

「あなたを信じて話したのです。絶対誰にも洩らさないでください。でないと危険はあなたにも及びますよ。この子はこんなにも鋭い牙や爪を持っているのです」

ここで弱みを握られるわけにはいかない。正念場《しょうねんば》だ、とアシュは余裕を見せながら薬師に念を押した。

薬師はぶるぶる震えながらサージを凝視していた。

「俺を脅すのか」

「警告ですよ」

「言うわけがないだろう！　誰が信じる」

薬師は力が抜けた、というように床に座り込んだ。アシュはサージの頭を抱いたまま薬師にまっすぐ視線を合わせた。こうなったからには、なんとしてでも味方に引き入れなくてはならない。

「ドゥーナルケで、ドライトンの仔の足跡が見つかったと山狩りがありました。大きくなってからでは手がつけられなくなるから、幼獣のうちに殺さねばと大人の男が斧や鉈を持って、大勢で」

「そういえば何年か前に、そんな話を耳にした。――連中がまた鱗で儲けようとしてそんな作り話をしてるのだろうと言われていたが――」

「この子は何も悪いことはしていない」

アシュは手を伸ばして、台の上の書物を手に取った。サージのふっさりとした毛が触れるだけで書物の扉が光る。大人しくアシュに撫でられているサージを呆然と眺め、薬師はようやく少しだけ落ち着いた様子で息をついた。

「今は犬か狼に見えるが――また別のものにも変わるのか？　ドライトンは鱗を光らせて空を舞うというが」

「それを知りたいのです」

アシュは書物を薬師のほうに差し出した。一瞬ためらったが、薬師はずしりと重い書物を両手で受け取った。

「これは……なんだ、東方古代文字か」

おそるおそる書物を開いた薬師が顔をしかめた。

「古代文字？」

立ち上がって薬師のうしろから書物を覗き込むと、確かに見たこともない不思議な文字がぎっしりと書き込まれていた。

「あなたでも読めませんか？」

薬師は分厚い紙を丁寧にめくった。

「面倒だが、翻訳教本を使えば読めなくもない。おまえも慣れれば読めるようになるはずだ」

「その、翻訳教本とやらは？」

「俺の家にある」

アシュは薬師のすぐ横に腰を下ろした。

「あなたなら、必要な知識をわたしに授けてくださるでしょう。もちろんお礼はいたします。あいにく今はお渡しできるようなものは持ち合わせておりませんが、もしわたしにお望みのことがありましたら、昔のようになんでもいたしましょう」

ことさら甘い声音で「昔のように」を意味ありげに薬師の耳元で囁く。無垢なサージに不必要な影響を与えたくなくて、今まで色めいたことからは遠ざかっていた。が、司祭に書物院の鍵を借りるために久しぶりに色目をつかったこともあり、アシュは薬師に向かって微笑んだ。

「おい」

薬師がうろたえたように瞬きをした。サージは意味を理解していないが、アシュが自分から離れて薬師のそばに寄ったことが気に入らない様子で低く唸っている。アシュは苦笑してサージのほうに手を伸ばした。さっそくくうぅ、と鳴いて足の間に入ってくる。指を咥えさせ、アシュは再び薬師に交渉した。

「この書物の中身をどうしても読みたいのです。決してあなたに迷惑はかけません」

「何が書いてあるのかは、俺も興味がある」

そのとき、外から時を知らせる鐘の音が聞こえてきた。

「俺はそろそろ行かなきゃならない。おまえ、今夜俺の家に来るか」

「あなたの？」

「宿場のはずれに、緑の尖塔《せんとう》の古い家がある。そこが俺の家だ。一人でいるから気兼ねはいらない。ただし連れてくるとき、そいつのその姿を絶対に人に見せるな。目のいいやつなら犬でも狼でもないとすぐに気づくぞ」

「承知しました」

「おい、それは痛くないのか」

薬師がサージに甘噛みさせていた指に眉をひそめた。

「慣れていますので」

長い舌がアシュの滲んだ血を舐めている。アシュが首元を優しく叩くと、名残惜しそうに口を離した。

「サージ」

促すと、サージはまた人の姿に戻った。ゆっくり毛が消えていき、手足が伸びてすらりとした長身の美丈夫に変化していく。薬師が「おお…」と息を呑んだ。

「やはり信じられない…」

全裸で立っているサージに、薬師は額に手を当てた。サージは何事もなかった顔で、床に散らばっていた服を身に着け始めた。

「他の書物は元に戻しておいてくれ。明かりを消すのも忘れずにな」

光を放つ不思議な書物だけを脇に抱え、薬師は行きかけて、足を止めた。

「そいつはサージっていうんだな。俺はカーリンだ。おまえは？」

「アシュです」

王都の聖殿で飼われていたころは、お互い名乗る必要もなかった。

「それではカーリンさま…」

「カーリンでいい。おれもアシュと呼ぶ」

薬師がにやりと笑った。なにげない言葉だったが、対等な立場だと見なされたことに、アシュは力が湧くのを感じた。

「ではカーリン。夜になったらあなたの家を訪ねて行きます」

「ああ、気をつけてな」

カーリンが去り、アシュはサージに指示して書物を元に戻した。

「さあ行こう」

サージがひらりと台から下り、アシュの前に立った。

見慣れているはずなのに、さっきカーリンの前で姿を変えているのを見て、美丈夫に育った、とアシュは改めてサージを眺めた。

雛のときに血を舐めさせたのが影響したのではないかと推測しているが、アシュと同じ銀髪に碧眼《へきがん》で、そして身体つきは獣らしくいかにも強靭《きょうじん》そうだ。

「アシュ」

サージが甘えるように肩に頭を載せてきた。中身はまだまだ外見に追いついていない。

アシュはその唇に指を添えた。さっき噛まれたのとは違う指の爪に、サージが歯を当てた。

――サージはおれを喰うかもしれない。

ふとそんな考えが閃《ひらめ》いた。

今はこうして全身で懐いてくるが、成体になったとき、ドライトンが人間をどう捉えるのかはわからない。通過儀礼として育ての親を喰い殺すこともありうる話だ。

昔はやぶれかぶれで「それも面白い」と思っていた。弱いものを平気で踏みつけにする連中に、未知の獣を育てて反撃させたらどれほど胸がすくか、と夢想しながら幼い獣の歯や爪を眺めていた。

一緒に旅をしているうちに忘れることもなく忘れていたが、育てると決めたときには確かにそんな覚悟もしていた。

今はサージの幸福だけが望みだ。うまく独り立ちさせてやりたい。もし育ての親を喰い殺すことが通過儀礼なら、喜んで喰われてやろう。

サージの舌がぬるりと指先を舐める。

無意識に身体を擦りつけてくるサージの股間が反応しかけていた。

アシュは「行こう」とサージの口から指を引き抜いた。サージの身体は確実に大人になりかけている。精通が起こるのも近い。

「アシュ……」

できるだけ速やかに、ドライトンの生態を正確に知らなくてはならない。

6

書物院から出ると、すっかり陽が傾いていた。サージとともに聖堂の清掃作業に加わり、食堂で夕食を摂ると、アシュは荷物をまとめるために部屋に向かった。人が寝静まる時間になったらカーリンの家に向かうつもりだった。

「司祭さま」

巡礼者たちの行き交う回廊で、鍵を借りた司祭を見つけ、アシュはこれ幸いと慎ましやかな顔で司祭の側に寄った。

「ありがとうございました。寛大なお心に感謝いたします」

人目のあるところで鍵を返してしまえば、あとで難癖をつけられることもない。

「ではこれで」

「待たれよ。今夜告解を頼まれたが」

司祭がアシュの腕を掴んだ。意外に強い力に、逃がす気はないぞ、という強い意思が伝わってくる。まったく司祭という人種は驚くほど強欲だ。

「はい。後ほどお願いにあがります」

「ちょうど告解室が空いたところだ」

アシュの思惑を読んで、先手を打ってきている。振り切ることもできなくはないが、粘着質な司祭の目に、ここで面倒ごとになってもつまらない、と思い直した。数年前には仕事だと思ってこなしていたことだ。

「ではお願いいたしましょう。サージ」

やりとりの意味をわかっていないサージに「部屋で待っているように」と命じ、アシュは司祭について行った。

告解室は聖堂の奥まった場所にある。暗幕を張り巡らした狭い室に、箱のような椅子がぽつんと置いてあり、アシュはその椅子に浅く掛けた。

「さあ、告解を」

本来暗幕を隔てた向こうに座るはずの司祭が、当然のようにアシュのそばに寄ってきた。形だけでも取り繕えばいいのに、と司祭のにやついた目に、アシュは心の底から軽蔑した。

「神に許しを乞いなさい」

声がもう興奮している。アシュは無言で椅子から下りて前屈みになり、両肘を椅子について いた。

「神リエラ、我の罪をお許しください」

胸のクザルフを握ると、背後から巡礼服の裾が捲り上げられた。湿った手の感触が太腿の裏を撫で上げる。嫌悪感に耐え、アシュは目を閉じ、歯を食いしばった。しばらくぶりの屈辱と苦痛に、何も感じないでやりすごす耐性が落ちているのを感じた。

「神のおつくりになったものは実に美しい」

それを平然と汚すおまえはなんだ。

「おお……なんと麗しい肌だ」

巡礼服が腰の上までたくし上げられた。アシュは両手をぎゅっと握り込んだ。さっさと済ませろ。

しかし司祭はひたすらアシュの肌を撫でさすり、局部を眺めては興奮した声でぶつぶつなにか言っている。ゆっくり時間をかけて愉しむつもりだ。アシュはげんなりした。手っ取り早くことを済ませてもらうには媚態を見せるのが一番簡単だ。手や口をつかってでも早く終わらせたかった。

「司祭さま」

媚を含んだ声音で後ろを窺い、アシュはふと異変に気づいた。腿や臀部《でんぶ》を執拗に撫でていた手が止まっている。うぐ、と妙な声がして、反射的に振り返ろうとしたとき、どさっと背中に司祭の身体が落ちてきた。

「お待ちくださ……」

覆い被さってきたのだと思い、慌てて押し戻そうとすると、今度はふっと重みが消えた。

「司祭さま……っ？」

振り返ると、いつの間にか暗幕が大きく捲れ上がっていた。黒い塊が宙吊りになっている。ぐう、ぐう、と奇妙な唸り声がして、塊が痙攣を始めた。

「し――サージ…っ？」

後ろからサージが司祭を吊り上げていた。

「サージ！」

司祭は白目を剥いて口からだらりと舌を垂らした。首に両手をかけて吊り上げ、サージは顔色一つ変えずに激怒している。

「放せ、サージ！」

声を潜めたまま、アシュは慌ててサージの腕を揺すった。

「俺のアシュに触ったら殺す」

「サージ、やめろ！　こんなところで殺したらまずい」

アシュが激しく腕を揺すると、サージは仕方なさそうに司祭を投げ捨てた。どさっと床に放り出された司祭に、アシュは急いで屈みこんだ。失神しているが、手首を取ると脈はある。

「アシュ」

ほっとしたところを、サージに引き上げられた。無事を確かめるように大きな手が身体

中を撫でる。

「大丈夫だ、なんともない」

アシュが何をされていたのか、サージは正確に理解はしていない。が、アシュの無事を

確かめ安堵しているサージの股間は興奮していた。本能が目覚めかけている。

「カーリンのところに行こう」

気絶していた司祭がげほっと咳をした。目覚める前に、とアシュはサージを促して回廊

に向かった。

手早く荷物をまとめ、そのまま聖堂を抜け出すと、夏のみっしりと重い夜空にレモンの

ような月が出ていた。

人通りも少なくなった石畳の道にさしかかると、サージはさっとアシュの手を取った。

サージは夜目が利く。昔はサージの小さな手を引いていたのに、今は迷いなく進むサージ

に先導され、それに任せきっている。荷物もぜんぶサージが担ぎ、つまずきそうになった

アシュを片手で楽々と支えた。

「尖塔ってあれかな」

宿屋をいくつか行き過ぎて、サージが足を止めた。もう寝静まった宿屋の連《つら》なりから少し離れたところに、玄関の上あたりに尖った屋根の載った建物がある。

「おお、待っていたぞ」

サージが扉を叩くと、ややして扉の覗き穴からカーリンがこちらを確認した。

「さあ、入れ」

閂《かんぬき》が外され、重厚な木の扉が音を立てて開いた。ここもかつては宿屋だったらしい。入ってすぐはがらんとした空間で、隅に食卓と椅子が積み上げられていた。カーリンがこっちだ、と明かりを手に奥のほうに案内した。

「ずいぶん遅かったな。腹は減っていないか」

「ええ、夕食は済ませました」

カーリンの自室は寝台と書き物机、そして書籍が棚から溢れて床にまで積み上がっていた。

「おまえさんたち、なにかあったのか」

ランプの灯《とも》った部屋に入るなり、カーリンはアシュとサージを見比べて目を見開いた。

「おまえはずいぶん顔色が悪いし、その荷物はなんだ」

「——実は」

アシュはかいつまんで聖堂から逃げて来たいきさつを話した。サージの前で露骨なことは口にできず、肝心なことはぼかしたが、カーリンはちゃんと理解して「なるほど、告解か」と鼻で笑った。

「罪を告白させてそれを種に強請《ゆす》るやつらだからな。殺してないなら、まあ大丈夫だ。司祭もなにがあったか詳しくしゃべるわけにはいくまい。ま、ほとぼりが冷めるまでここにいるんだな」

「ありがとうございます。——お礼は必ず」

もし求められるなら応じる気でいた。が、カーリンは苦笑して首を振った。

「もうそっちのほうは興味がない。司祭と同じ目に遭うのもごめんだしな」

カーリンがサージのほうをちらりと見た。

サージはいつもと変わらない様子で、興味深そうに積み上げられた書物の上の骨格標本や鉱物模型を眺めている。

サージはやはり人ではない。

司祭を縊《くび》り上げたときの迷いのなさや、床に投げ捨てるときの動じなさを思い出し、アシュは無意識に胴震いした。

　今までも似たことはあった。

　野営していて野盗に襲われかけたとき、貧しい村の酒場で暴漢に囲まれたとき、サージは顔色ひとつ変えずに反撃した。サージはアシュに手を出す者には容赦しない。まだそのときは幼さの残っていたサージを「子ども」と侮っていた男たちは、全員半死半生《はんしはんしょう》の目に遭わされた。

「それより、こっちだ」

　カーリンは書き物机の前に立った。書物院で見つけた書物が広げられている。

「読んでみたが、これはどうやらかなり昔の見聞録だ。編者不詳で、各地の旅人から聞いた話を編纂《へんさん》している。隠し財宝やら地底金山やらの話もあるが、ほとんどがドライトンの逸話だった」

　カーリンが指先でページをめくった。

「俺もきっちり全部が読めたわけじゃないが、これを編纂したころはまだドライトンが空を駆けているのを観察できていたようだな。それでも巣山を見つけるのは至難の業で、だから貴重な証言としてこうして編纂されている」

　数多《あまた》ある逸話や目撃談などのうち、信憑性のあるものだけを編纂者が記録しており、中には目撃したドライトンの仔や足跡を描いたものもあった。

「これは書物院で見たそいつの姿とそっくりだな」

目の吊り上がった獣の絵にカーリンがそっと指先で触れた。

「卵から孵ったドライトンの仔は表皮が毛で覆われており、しばらくは四つ足で歩行し、通常四年か五年で成体になる。親が保護するのは成体になるまでで、以後は番とともに行動し、自由自在に姿を変える。寿命は長く、子孫を残す巣山をつくるのに数十年もかける。……おまえの話と整合性があるな」

「成体になるまでの記述はありましたか」

アシュが詳しく知りたいのはそこだ。精通を迎えたあと発情期をどう乗り越えさせるのが正解なのか。

カーリンが首をひねった。

「さてな。ドライトンは一夫一婦で、生涯番の絆を守るらしい。一体死骸が見つかれば、かならず番がもう一体近くで見つかると何度も報告されている」

「番はどうやって見つけるのでしょう」

「残念ながらそういった記述はない。そもそも寿命が長すぎて、人間には捉えきれないだろう。まあ、そいつがそうやって卵から孵って無事に育ってるんなら、同じように生き延びた同族がいてもおかしくはない。成体になってからは長寿らしいから、待っていれば出会うこともあるんじゃないのか」

結局知りたかったことはわからずじまいで、アシュは落胆した。

「さて、俺は明日もあるからそろそろ寝るぞ。部屋に案内するから荷物を持ってついて来い」

カーリンは廃業した宿屋を安く譲り受けて一人で住んでいた。自分は一階だけで生活しており、二階を曰《いわ》くのある旅人に貸したりしているらしい。

「犯罪者から金を取って匿《かくま》っているということですか？」

「人聞きの悪いことを言うなよ」

選良《せんりょう》の薬師として王宮にまで出入りしていた者が、と驚くと、先に階段を上がっていたカーリンが笑った。

「そういう言い方をするなら、そもそもおまえさんたちを今まさに匿っているんだがな」

言われてみればその通りだ。

「失礼しました」

「俺は王都のお偉方に恨みがあるんだ」

カーリンが客間の扉を開けながら、ふん、と低く笑った。

「自分たちの行状は棚に上げ、神の名前で罪を告発しては権力を振りかざす。俺は確かに薬師の立場を利用して可愛い子に手を出したが、男の機能を奪われるほどのことをしたつもりはない」

なにげなく恨み言を聞いていて、はっとした。——男の機能を奪われた？

「それは……」

なんということを、と愕然としてアシュは言葉を失った。アシュの反応に、カーリンは「もう済んだことだ」と肩をすくめた。

「知らなくて……わたしは…」

何度も「お礼」に身体を、と匂わせたのを、カーリンははぐらかすように断っていた。

「まあそんなわけで、王都で酷い目に遭った者には宿の提供くらいはしてやっているのさ」

王都の、それも権力者たちの周囲では、目を潰したり指を切り落としたりの刑罰はそれこそごく当たり前に行われていた。だが男の機能を失くさせるのは、尊厳という意味でさらに過酷だ。

「あなたとは、少なくともわたしは合意だったのに」

「おまえたちはやつらの持ち物だからな。愛し子の意思など関係ない。それに、俺もおまえの身の上を利用したんだ」

カーリンはアシュの肩に手を置いた。

「今さらだが、悪かった」

「あなたには…感謝しています」

確かにカーリンはアシュの弱い立場につけ込んだ。が、汚物壺のような扱いを受けていた日々に、カーリンだけはアシュを「人」として扱ってくれた。読み書きを教えてくれ、書物を与えてくれ、室についていた小さな庭で薬草を一緒に育ててくれた。そのおかげで心を強く保てたことは間違いない。

肩に置かれたカーリンの手にそっと触れると、カーリンの目が優しくなごんだ。

「助平《すけべえ》司祭を気絶させただけなら大事にはならんはずだが、念のために明日は外を出歩くなよ。俺は夜には帰ってくるが、それまでは下の厨房の保存庫から好きなものを出して、勝手になんでも食え」

「ありがとうございます」

アシュはカーリンに向かって手を差し伸べた。すっかり痩せてしまった男を抱擁すると、カーリンも軽く抱きしめ返してくれた。

「まあ、俺があと十も若ければ世を儚《はかな》んだかもしれないが、どちらにせよ現役引退の時期だった。今はせいぜい人助けをして自己満足の余生を楽しんでいる。これもそう悪くはないぞ」

それじゃあな、とカーリンはアシュの背中をぽんぽん叩くと、ぎしぎしと音を立てて階段を下りて行った。

カーリンにあてがわれた部屋は、質素だがこざっぱりとしていた。寝台がふたつと広めの卓と椅子、そして飾り棚が置いてある。

「サージ、もういいぞ」

アシュは扉をきっちりと閉め、荷物を床に置いてサージに声をかけた。

「サージ？」

いつもならすぐ獣の姿になってアシュのそばに寄ってくるのに、サージは無言でアシュを見つめた。

「どうした。またカーリンにやきもちか？」

「――少し」

サージはうつむきかげんで寝台の端に座った。

「俺は…、アシュが誰かに優しくすると、いつもすごく嫌な気持ちになる。でもすぐ直る。アシュは俺にはもっと優しいから」

素直な言葉に微笑んで、ふと違和感を覚えた。

「疲れたのか?」

いつもなら新しい場所では好奇心いっぱいにきょろきょろするはずのサージが、そういえばずっと静かだ。

「サージ?」

眠いのだろうとアシュはサージの横に座った。なんとなく、覇気《はき》がない。まさかどこか悪いのかと急に心配になった。サージはけた外れに身体が強い。今までサージが不調を訴えたことなど一度もなかった。

「具合が悪いのか?」

サージがアシュにもたれてきた。やはり眠いだけのようだ。サージは眠るときには必ずアシュに撫でてもらわないと納得しない。

「もう戻っていいぞ?」

いつものように寝台に横たわり、サージのほうに手を伸ばすと、サージは人の姿のままアシュに乗りかかった。

「アシュ、あの司祭はアシュになにをしていた?」

サージが耳元で囁いた。

今ごろになってなぜ急に、と戸惑っているアシュに、サージは苦しそうに小さく唸った。

「──アシュに…なにか悪いことをしてるって腹が立って……でも、それで俺はなんだか変なんだ。さっきアシュがカーリンを抱擁したのものすごく嫌だった。もうちょっとであいつを殴りそうになった。俺のアシュが俺以外を抱擁するのはだめだ」

「サージ」

「俺は──なんだか……」

今までサージは性的な空気をまったく理解していなかった。野盗に襲われかけたときも、犯そうとしていた男たちの意図にはまったく気づいていなかった。だが、今は感じている。カーリンとの間にあったある種の情感に反応し、司祭がしていたことの意味もおぼろげに感じ取っている。

「アシュ、俺──ここが、こんなふうに──」

サージが股間を探った。

「このごろ、よくこんなふうになる」

困惑しきった様子で、サージはいきなりアシュの手を取って押しつけた。布を押し上げてそこが隆起している。アシュは息を止めた。

「なんでこんなふうになるんだろう」

「サージ、大丈夫だ」

うろたえているサージをなだめ、アシュはサージの首の後ろを撫でてやった。いつもはそれで落ち着くのに、はあはあと息を乱してサージはアシュに覆い被さってきた。また身体が大きくなった。筋肉の発達した引き締まった肉体は、もうすっかり成人のものだ。でもまだもう少し時間があると思っていたのに。

「アシュ、アシュ——俺、どうしたんだろう?」

熱が伝わってくる。心臓がものすごい速さで動いている。名前を呼ばれるたびに耳が熱くなり、この熱はサージのものなのか、自分のものなのかわからなくなった。

「サージ」

声が掠れ、アシュは苦しそうに目をつぶっているサージの髪に指を入れた。艶やかな銀髪は、アシュと同じ色だが手触りが違う。しっかりとしたこしがあり、伸びると緩く波打った。美しいのに、うっとおしい、と少し長くなると自分で切ってしまう。凛々しい顔立ちに短髪はよく似合い、明るい青い瞳も、いつも笑っているような唇も、サージの屈託のない心根のままで、アシュはその全部を心から愛していた。

「アシュ、助けて」

苦しそうに眉を寄せ、サージが抱きついてきた。毎晩一緒に寝ているが、考えてみれば人の姿で抱き合うことはあまりなかった。密着した肌の感触に、アシュは狼狽《ろうばい》した。

「大丈夫だ、サージ」

落ち着かせようと背中をさすると、サージがびくっと震えた。

「――アシュ……」

汗がぽとりとアシュの鎖骨のあたりに落ちた。そのとたん、ぞくりと身体の中のどこかが震えた。サージの匂いがする。アシュは目を閉じて、その蠱惑《こわく》的な匂いを深く吸い込んだ。

性行為は、それこそ数えきれないほど経験してきた。王宮で飼われていたころはもちろん、その前もあとも、常になにがしかとの引き換えに身体を使った。当然それなりに欲望も快感も知っている。が、こんなふうに身体の内側から何かが溢れてくるような感覚は初めてで、アシュは戸惑った。

「アシュ、アシュ」

熱に浮かされたようなサージの声に引きずられそうになる。

「ああ……」

辛そうに眉を寄せ、サージはアシュをきつく抱きしめた。勃起した性器を無意識に擦りつけてくる。

「なんだか…おれ……へん、だ」

うろたえているサージに、アシュはまた背中を撫でてやった。そうしながら、自分が自然に足を開いていることに愕然とした。

「アシュ」

サージがふと目を開いた。

「アシュも、ここが」

遠慮のない手つきで握られ、もう少しで声を洩らしてしまいそうになった。

「大人はこうなるんだ」

なんでもないように言って微笑んで見せると、サージが大きく目を見開いた。

「それで、サージも大人になりかけてる」

できるだけ平静に言い聞かせながら、アシュはこっそり深呼吸をした。

「大人…?」

「サージは昔、獣から人の姿に変われるようになっただろ？　成長すると今までできなかったことができるようになるし、知らなかったことがわかるようになる。サージはもう大人になりかけてる。――自分の子どもをつくれるようになったってことだ」

サージの目が大きく見開かれた。

「子ども…俺の？」

「そう。番と交わると子どもができる」

こんなふうに教えてもいいものなのか、自信がなかった。だが、ここまできたらもう避けて通れない。

「ここから…子種が出る」

手を伸ばして腹のあたりに当たっている固いものを握ると、サージがうめいた。

「こうして……」

服の上からなのに、脈打つものの存在感にアシュは驚嘆した。ゆっくりさすると、サージはぎゅっと目を閉じて身体を固くした。はっきりとした性感を覚えて呼吸が乱れている。

急に喉が渇いてきた。

「気持ちいいか…？」

「こわい」

アシュ、としがみついてくる大きな身体は、もうとっくに大人になっている。怯えているのが可哀そうで、アシュは「大丈夫、怖くないよ」と首の後ろを撫でてやった。眠るときには毎晩獣になったサージのふかふかの首に顔を埋め、同じように撫でてやっていた。そうするとサージは安心する。

「アシュ」

サージが耳を噛んだ。アシュの指や耳、首にはいつもサージが甘噛みしてできた赤い痕がある。噛まれた痛みが、なにか違う感覚にすりかわっていきそうな予感がして、小さく声を洩らしてしまった。

「サージ……」

ずっしりとした性器はもう完全に勃起している。触れているところから熱が伝わって、こめかみがどくどくと脈打った。

「これ、嫌か？　嫌だったら止める」

布ごしでもじっとりと濡れてきたのがわかる。アシュが小声で訊くと、サージはぎゅっと目をつぶったまま首を振った。

「――アシュ……」

こんなことを教えていいのだろうか。サージは人間ではない。ドライトンだ。でもアシュにはドライトンのはっきりとした生態がわかっていない。サージはもっと自分自身のことがわかっていない。わからなくて怖くて泣いている小さな子どもだ。なのに、身体はもうすっかり成長してしまっている。

おれがあのとき掘り起こしていなかったら、サージはまだあの山の中で卵のまま眠っていたはずなのに。

　ふと、自分がしたことが怖くなった。

　でも、もう後戻りはできない。身体の成長をうまく理解できずに困惑しているサージに、アシュは逡巡を断ち切った。

「サージ」

　アシュは起き上がり、サージの服の中に手を入れて、直に握った。熱い。そして大きい。触っているだけなのにどきどきして、アシュは一度深く息をついた。

「──あ、…う、…アシュ……」

　二度、三度としごいてやると、サージが低く呻いた。それがひどく色めいていて、アシュも呼吸が速くなった。

「あ、あ───」

　サージが細い声を上げ、ぎゅっとアシュの腕を掴んだ。

「気持ちいい？」

　囁いた自分の声が興奮していて、どきっとした。サージが何度もうなずく。唇がわずかに開いて、はっ、はっ、と湿った呼吸をこぼすのにたまらなくなった。自分の手で快感を得て、寄りかかってくる大きな身体が愛おしい。

「――あ…うぅ……っ」

先端から透明なものが溢れ、にちゃにちゃと音を立てる。アシュの手の動きに合わせてびくびくと震えて、それを見ているだけでアシュも高まった。刺激を求めて無意識に腰を揺すってしまう。

今までそんなことを思ったことなどなかったのに、これを――自分の中に入れたらどんなに気持ちがいいか、想像してしまう。もうずっと性交していないし、したいとも思っていなかったのに。

「アシュ、――」

サージの声が切羽詰まった。

「いいよ、そのまま出して」

「だす？」

戸惑って泣きそうになっているサージに、アシュは一番敏感な部分に指の腹を当てた。

「あ」

不意打ちの刺激に、サージがびくっと大きく震えた。勢いよく精液が飛ぶ。青臭い匂いに官能を刺激され、アシュもその瞬間、反対側の手で擦って吐精した。

「は――」

たった二回ほどの摩擦の刺激で決壊し、あまりの快感に背筋が痺れた。

「サージ――」

ぐったりとよりかかってくる大きな身体に、アシュはそのまま後ろに倒れた。快感の余韻が抜けない。

サージが乗りかかるようにしてはあはあ息を弾ませている。手の中にこぼれた精液はごく普通のものだった。アシュの精液がサージの腿から垂れ、サージのものと混じりあった。

「アシュ――」

息が整わないまま、サージがアシュの肩口に頭を載せて名前を呼んだ。

ある種の情感が滲んだ声音に、アシュは意味もなくどきりとした。声が変わった。声変りをしたときとはもっと違う――男の声になった。

声だけではない。アシュを見つめる目つきも変わった。

「アシュ」

サージが頭を擦りつけてきた。眠くなると、サージはいつもこんなふうに甘えた。でも今は違う。甘えているのではなく、自分を受け入れさせようとしている。

「欲しい」

サージが囁いた。

「え?」

「アシュが欲しい」

自分がなにを言っているのか、たぶんサージはちゃんと理解していない。ただ本能が目覚めかけている。

しっとりと濡れていたサージの睫毛が動き、薄い青い瞳が熱っぽくアシュを見つめた。

「アシュ……」

頬に口づけて挨拶するのを見たことはあっても、サージは性愛の意味の口づけを知らないはずだった。それなのに、いきなり頬を掴まれ、激しく口づけられた。

サージの長い舌がアシュの舌にからみつき、強く吸われる。痛いのに、じん、と頭の奥が痺れた。

「ああ……っ」

サージが無造作に服の裾を大きく捲った。

「アシュ――」

卓の上の明かりで、部屋は明るい。服をはぎとられ、アシュは寝台の上で全裸に剥かれた。サージの匂いはこんなに濃かったか、とアシュは圧倒されて自分の上に馬乗りになり、服を脱ぐ男を見上げていた。

全裸のサージなど見慣れているのに、腕の動き、腹筋の陰影、なめらかな肌に動揺した。逞しく鍛え上げた美しい身体に、射精を知ったばかりの性器が萎えることもなくたち上がっている。

「——サージ……だめ、だ」

耳や頬がかっと熱くなる。

「どうして」

おかしい。サージに見つめられて、身体が戦慄《わなな》く。腹の奥が疼く。

アシュは今まで自分から欲望を覚えたことなど一度もなかった。アシュにとって性交は商売で、取引で、それだけのものだ。媚態を見せるのも、快楽に溺れて見せるのもぜんぶ演技にすぎなかった。

「アシュ、アシュ」

サージが覆いかぶさってきた。汗ばんだ肌が密着し、サージの大きな手がアシュの身体を撫でまわした。

「アシュ…」

口づけられ、舌を吸われた。さっきより性急で、頭がぼうっとして制することができなかった。なによりサージの匂いや肌の感触に、身体の奥底が欲望を訴えていうことをきいてくれない。

「――サージ…」

これを入れたらどんなに気持ちがいいか、と不埒なことを考えて自然に手が伸びた。

「アシュ、俺アシュにひどいことをしてしまいそうだ」

若い牡の匂いをさせ、極上の身体を火照らせてサージが困惑している。

「アシュがすごく――なんだか――」

自分の情動を言い表すことができず、代わりにサージは情熱的にアシュの首筋に口づけた。

「……っ、あ――」

首から鎖骨を辿って、乳首に吸いつかれた。衝撃的な快感が走り、アシュは声を上げた。かっと全身が熱くなる。

「サージ……ぁ、あ、ああ……っ」

アシュの声や反応で性感帯を捉え、サージの愛撫は徐々に迷いがなくなった。手を取られ、指を絡め、その指を噛まれた。いつもの甘噛みと似ているのに、違う。

今のサージは甘えているのではなく、アシュを自分のものにしようとしている。噛み痕をつけ、所有の印を残そうとしている。

なにより組み敷かれてどきどきしている自分自身に、アシュは狼狽《うろた》えた。

「アシュ」

大きな手が確かめるように身体中を撫で、捏《こ》ねていく。

「ん、う——……」

自分の声が甘く蕩けるのが恥ずかしい。アシュは手の甲で口を押さえた。サージの頭が胸から腹、さらにその下へと移動していく。無造作に両足を開かされ、腰を上げさせられた。知識などないはずなのに、なんの遠慮もなく口に含まれ、アシュはのけぞった。

口淫は、自分がさせられることのほうが圧倒的に多かった。王宮の聖殿につながれていたころ、顔にまたがれと命じられることもあったが、あくまでもそれは羞恥を煽る遊びで、アシュにとってはただの屈辱にすぎなかった。サージの口の中は温かく、あまりの快感にアシュは口に当てていた手の甲を噛んだ。

「あ、あ、あ——」

声を殺せず、甘い声が溢れ、我慢する間もなくサージの口に射精してしまった。

墜落するような感覚に、アシュは息をすることも忘れた。

「アシュ」

薄く目を開けると、サージが心配そうに顔を覗き込んでいた。濡れた唇に、心臓が跳ねた。

「サージ……」

余韻が抜けないまま、アシュはサージの欲望を受け入れたがっている自分の身体を持て余した。

「アシュ、アシュ――」

サージも本能的に求めている。

ドライトンは独り立ちしたあと、番と生涯を共にするらしい。自由自在に姿を変えることのできる生物と交わることに不安はあったが、少なくとも子どもを孕む可能性はない。

サージの手を取り、アシュは男を求めている場所に導いた。サージは目を見開いたが、すぐにアシュの意図を理解した。青い瞳に熱が灯り、アシュに口づけた。

「サージは大きいから、すぐには入らない。指を入れて、ゆっくり広げて……あっ」

サージが腿を持ち上げ、アシュは楽々と身体を折り曲げられた。局所をさらされ、かっと頬が燃えた。

「サージ――、あ……っ」

ぐっと舌が入ってきて、アシュは慌てた。乱暴に指を入れられたり、張型で広げられたりしかされたことがない。こじあけるように舌が動き、アシュは甘美な感覚に声もなく悶えた。同時に身体の中の疼きが大きくなる。

「サージ…っ、ああ…ん、ぅ…」

二回も果てたのに、粘膜を舐められ、中に潜り込むようにされて、また火がついた。

「ああっ、あ、あ……」

初めて経験する快感に、アシュはひたすら喘いだ。ぬるぬると舌が往復し、頭の中に霞がかかる。

「アシュ」

「ん……っ」

「アシュ、入れたい」

「ん――」

サージがアシュの毛布を掴んでいた手を取って、中指の先を噛んだ。

「あ」

痛い。痛いのに気持ちがいい。どうして痛みが甘い感覚に変わるのか、身体がおかしくなってしまった。サージに触れられるところがぜんぶ性感帯にでもなってしまったようだ。

「アシュ、したい。ここに入れたい」

サージの声が興奮しきっていて、アシュはただ頷くことしかできなかった。早く欲しいという欲に抗えず、アシュは自分で俯せた。

「入れて」

自分が可愛がって育てた男の子に屈服し、性交をねだっている——頭をかすめた自虐的な考えは、なぜか身体の熱をさらに煽った。

「アシュ」

サージの両手に腰を掴まれると、全身がかっと汗ばんだ。身体も心もそれを期待している。

「は——、あ……っ」

枕に顔を埋め、アシュは背後からじっくりと貫かれた。

「アシュ……」

大きい。わかっていたのに、ゆっくりと入ってくる重量感に息を呑んだ。

「すご…い、アシュ…」

背後からのしかかってくる男に征服されている。いっぱいに広がり、従順に受け入れて、アシュは不思議な安堵に包まれた。

「——っ、う……」

少し前まで精通さえ経験していなかった男に完全に獲らえられている。

「アシュ」

完全に埋め込まれて、アシュは顔を枕に突っ伏したまま息をするのもやっとだった。

サージに名前を呼ばれ、緩く頭を動かすと、髪を撫でられた。愛おしまれる立場になったのだと感じ、アシュは自分の中で脈動している力強いものの存在に慄いた。

「あ……っ」

サージがゆっくりと腰を動かし始めた。快感が背中から脳髄を直撃し、勝手に声が出た。

「あ、ああ、サージ……」

自分に快感を与えてくれる男の名前を呼ぶと、不思議な感動が溢れた。

気持ちがいい。

突かれ、攻撃されて身体の奥が狂乱している。

「いい――もっと、もっとサージ……」

はあっ、はあっという激しい息遣いに煽られ、アシュも腰を高く掲げた。

「あぁ……っ、はあ、あ…あ、あ」

試すような動きから、徐々に確信をもった動きになる。甘く重い快感に襲われ、アシュは喘いだ。

「アシュ」

サージの声は完全に大人の男のものだった。自分に喜びを与えてくれる、絶対的な存在に、ひく、と中が痙攣した。

俯せて揺すられ、精液ともつかないものがだらだらこぼれて快感が押し寄せてくる。未知の快楽に怯み、けれどすぐ圧倒的な力で全部が押し流された。

「は、――」

遠慮なく貪られ、奪われ、同じくらい強烈な快感に我を忘れた。

「アシュ、アシュ――好きだ、アシュ」

サージの声が朦朧《もうろう》とした頭にぼんやり響く。

どこで絶頂がきたのか、あまりに連続で高みに連れていかれ、わからなかった。

「アシュ」

激しく抱きすくめられ、ふっと意識が途切れかけた。

気づくと寝台の上で背後からサージに押しつぶされていた。

「――はぁ……っ」

息をしないと、とアシュは腕を広げ、胸を解放して深く息を吸い込んだ。サージもはあっ、はあっと激しく息をしている。アシュが身じろぐと、サージがごろりと横に転がってきた。背中の重みが消えると息が楽になり、頭が動くようになった。

「サージ、大丈夫か…？」

「うん……」

ぐしゃぐしゃになった毛布や、床に転げ落ちた枕、濃い精液の匂いにアシュは思わず手を額に当てた。

「なんてことを……」

サージと寝てしまった。

理性が戻ってくると、同時に不安と後悔も押し寄せてくる。

完全に自分を失い、性交に没頭した。初めて経験する欲望と快楽に負けた。

「アシュ」

サージがアシュを抱き寄せた。

「おれが悪かった、サージ……性交は、こんなふうにするものではないのに」

「性交？」

今したことが「性交」なのだと理解して、サージが「性交」ともう一度口の中で転がした。

罪悪感と羞恥で顔を見られない。サージはアシュの手を無理やり離させた。

「アシュ」

まともに目が合い、その幸福に輝く青い瞳に、アシュは虚を衝かれた。

「嬉しかった。アシュと性交して、幸せだった。アシュ、俺はアシュを——愛している」

熱い吐息が唇に触れ、サージに口づけられた。

「サージ……」

「愛してる、愛してるアシュ」

自分の気持ちがぴったりと嵌る言葉を発見した、というようにサージが嬉しそうに繰り返した。

「俺はアシュを愛している」

呆然としているアシュの手を取り、サージは指を噛む代わりに手の甲に口づけた。

「アシュは俺のすべてだ」

言いながら、サージはふと思いついたように起き上がり、アシュの足を撫でた。膝から足首まで手のひらを滑らせ、かがみこんでアシュの足首に口づけた。

アシュの足首には、かつて繋がれていた鎖の痕が赤く残っている。王宮で飼われていたときの名残だ。

「アシュ、俺からは逃げないでくれ」

その赤い痕は自力で逃げた証で、今では屈辱の記憶ではなく誇りなのだと教えていた。

「——」

足首に口づけてから、サージはそこに歯を立てた。甘噛みされるのには慣れていたが、意思を持って強く噛まれるとさすがに痛い。サージはすぐに口を離した。赤い痣の上から濡れた歯型がついている。まるで飾りのようだ。自分で逃げおおせた誇りの上に、自分が見つけて育てた男の子の歯型がついている。

「アシュ、愛してる」

サージの声は歓びで満ちていた。

「俺は成体になったよ」

「え？」

サージは寝台から下り、窓の扉を開けた。夏の夜の湿った空気が流れ込んでくる。虫の音と、夜の鳥の鳴き声に耳を澄まし、サージはしばらく身を乗り出して夜空を見上げていた。

「――サージ！」

窓枠に足をかけた、と思った瞬間、サージは勢いをつけて外に飛び出した。

アシュは仰天して窓に駆け寄った。二階とはいえ、下がどうなっているのかわからない。アシュが窓から見下ろすと、下は一階の屋根が張り出していた。なんだ、とほっとしたがサージの姿は見えない。大した高さではないものの、着地の物音もしなかった。

「サージ？」

夜中に大声を出すのはためらわれて、小声で呼んだ。返事はない。アシュは窓から身を乗り出した。

さっとアシュの髪を浚うように風が吹いた。近くの木が枝を揺らし、アシュはなにげなく空を見上げた。雲が切れ、レモンのような形の月が出ている。と、月を黒い影が横切った。鳥か？　と目を凝らしたが、すぐに夜空に消えて見えなくなった。

「アシュ」

サージの声がした。

「アシュ」

透明の、なにか目には見えない存在がすぐ近くにいる。ちかっと光が弾けた。眩しくて目を開けていられない。こぶしで光を遮ると、なにか巨大なものがゆるりとアシュの頬を撫でた。

「え？」

ざあっと木々が激しく枝を揺らした。突風が部屋に入ってきて、アシュはよろめいた。足が浮く。後ろに倒れ込みそうになったが、その前に身体全体が浮いた。

突風が、今度は潮が引くように窓の外に向かって吹き返した。目の前が回転する。寝台、床、卓、明かり、そして窓枠がぐるぐると回り、気づくと窓の外に引き出されていた。激しく揺れる木々の枝先がアシュの髪や頬を叩き、離れ、ぐんぐん上昇していく。うねるような風の中で、アシュはひたすらもみくちゃにされながら夜空に向かっていた。驚いてはいたが、不思議に怖くはなかった。カーリンの家の尖塔が遠くになり、宿場や四つ辻が小さくなり、町が皿のように小さくなった。

「サージ！」

流星の中に潜っているようだったが、ようやく身体を安定できるコツを掴むと、アシュは大声で叫んだ。

「サージ、サージ！」

返事のようにびゅう、と風が鳴った。星のように鱗が輝いている。透明の巨体に鱗だけが虹色に発光し、サージは風になってアシュを乗せて飛翔していた。

高く上昇し、雲を抜けるとレモンの形の月が目の前に迫る。

透明の身体がくねるたび、アシュの髪は風を受けてたなびいた。気持ちがいい。鱗が煌めき、星と区別がつかない。

腹の底から愉快で、アシュは声を出して笑った。

楽しくて、自由で、幸福で、生まれて初めて大声で笑った。

7

朝になって、アシュは寝台の上で目覚めた。窓は開けっぱなしで、白い光が部屋を斜めに区切っている。

「アシュ」

一瞬、夕べのことは全部夢だったのかと思いかけた。が、ぴたりと寄り添って眠っていたサージが微笑みかけてきて、アシュは自分たちが全裸で抱き合っていることに狼狽えた。いつもなら獣の姿で尻尾を足の間に差し込み、アシュの頭に首を載せているサージが人の姿のままで、まるで恋人のようにアシュを抱き込んでいる。

「おはよう、アシュ」

ごく自然にアシュに口づけ、サージはアシュを抱き直した。自分より大きくなっていることはとっくに認識していたが、サージが楽々と自分の身体を扱えるということに、アシュは動揺した。

「腹が空いたな、何か食べよう」

アシュは内心の動揺を隠して、できるだけいつもと同じように振る舞った。夕べ、カーリンに好きなように食べろと言われていたことを思い出し、下の厨房に行こうと寝台から下りた。床に散らばっていた巡礼装束を身に着けようとかがむと、だらりと精液が腿に垂れた。身体の内側にも鈍い痛みがある。

　思わず固まってしまったアシュに、サージはひらりと寝台から下りた。

「何かもらってくるから、アシュはここにいろ」

　サージが軽やかな足取りで階下に降りて行った。アシュは裸のまま寝台に腰かけて前屈みで額を押さえた。足首の噛み痕が目に入って、なんともいえない気分になった。

　とにかく着替えよう、と立ち上がると、窓から青空が見えた。夕べは雲も出ていたのに今日はいい天気だ…、とそこまで考え、アシュはまた不思議な気分に陥った。

　サージと寝たのはともかく、俺は成体になったよ、と窓から空に飛び出して行ったサージを思い出すと、あれはやはり夢だったのではないかと考えてしまう。

　透明の巨大な身体に発光する鱗、高く上昇し、雲を抜け、レモンのような月の前で何度も身をくねらせた。

　爽快で、楽しくて、大声で笑った。

　あれは本当のことなのだろうか。

　巡礼装束を身に着け、髪を整えているとぎしぎし階段を上がってくる音がした。アシュは無意識に背筋を伸ばした。

「カーリンがスープを作ってくれてた。食べよう」

サージが大きな器と木の匙を二つ持って部屋に入って来た。

「――アシュは、美しいな」

サージがふと足を止めて呟いた。

「なにを言ってる」

椅子に座って髪を梳《と》かしていたアシュは、思いがけない感嘆に赤面した。

「みなアシュを美しいとか麗しいとか言っていたけど、今まで俺はよくわかっていなかった。……本当に美しい」

「どうでもいい、そんなこと」

自分の容姿が人々の目を引くものだということは、物心ついたころから知っていた。アシュにとっては性暴力の的になるようなものだったから災厄の種としか思えなかったし、利用する術を知ってからも、自分自身は物憂げな印象を与える顔立ちが好きになれなかった。

「食べよう」

アシュは乱暴にサージの手から器を受け取って卓についた。いつもと同じようで、いつもとは明らかに違う。甘い空気を漂わせているサージに、アシュは内心困惑していた。

「アシュ、湯を使うか？」

カーリンの作ってくれたスープは卵と薬草が入っていて、滋養が沁み込むようだった。あっという間に平らげて、器を片づけながらサージがなにげなく言った。

「湯を使ったら、またアシュと性交したい」

かっと耳が熱くなった。

「サージ、性交は…子どもを成すためにすることだ」

「愛し合ったらできるんじゃないのか？」

「おれは男だから子どもは産めない」

そもそもいくら人の姿をとっているとはいえ、ドライトンの仔を人間が産めるはずがない。

「それなら、どうして俺はアシュと性交したくなるんだ？」

「それはただの性欲だ」

アシュは努めて冷静に諭した。

「身体が大人になって子種を作れるようになったら、外に出したくなる。ただそれだけで、たまたまおれがそこにいたから間違った。性交は番とすることなんだ。でもサージはドライトンの末裔で、おれにはおまえたちがどんな生態なのかわからないし、どうするのが一番いいことなのかもわからないんだ。すまない」

正直に話すと、サージはじっとアシュを見つめた。なにか考え込んでいる表情がどきりとするほど大人びていて、アシュは意味もなく焦った。

「サージ、それよりあのあと、おまえ窓から出て行って…」

「俺は成体になったんだよ」

サージがこともなげに答えた。

「俺は生まれつき外見を変えることができる。そのときそのときで生き残るのに最適な形態になれるんだ。仔のときは自覚できてなかったけど、成体になったから、自分のことが前よりわかるようになった。夜なら姿を変えてどこまでも駆けていける。夕べ、アシュを乗せて雲の上まで昇っただろう?」

サージが楽しそうに目を細めた。

「アシュがあんなに笑うのは初めて見た。嬉しかった」

「……夢かと思った」

レモンのような月や流星、耳元でびゅるびゅると鳴る風、あれは本当のことだったのか。

「今夜も一緒に駆けよう。昨日よりもっと遠くまで行ける」

湯を沸かしてくる、とサージは空になった器を持って階下に降りて行った。

サージは成体になった。

一人になって、アシュは息をついた。一気にいろんなことが起こりすぎて、頭の中が混乱している。

少ししてサージが「湯を用意した」と呼びに来て、アシュは階下に降りた。

もとはかなり贅沢な造りの宿屋だったらしく、食堂の奥には宿泊客専用の湯あみ場もあった。石床に盥《たらい》の並ぶ湯あみ場で、サージは一番大きな盥に湯を張って待っていた。

「洗ってやるよ」

サージの前で脱ぐのをためらったが、なぜためらうのだ、と思い切り、アシュは服を脱いで椅子代わりの切り出し石に腰かけた。湯を張った盥に足をつけると、サージが布で丁寧に肌を擦った。足首の鎖の痕に、飾りのような歯型がついている。

膝、ふくらはぎ、足首、とサージが順番に洗っていく。足の指まで拭われ、アシュはくすぐったさに性感を覚え、反射的に足を引いた。

「サージ、もういい。ありがとう」

どうしてされるままになってしまっているのか、と我に返り、アシュは「自分でする」と洗い布を受け取ろうと手を伸ばした。サージはその手をつかんで引き寄せた。

「俺がしたい」

甘やかすのは、いつもアシュのほうだった。サージの面倒をみてやり、できないことは助け、甘えるのを許し、大事に慈しんで育ててきた。

いつのころからか危険な場所ではサージが前に出るようになったが、人前では「巡礼の聖者とその従者」の芝居をしていたから、その延長であまり意識していなかった。

片手で楽々と引き寄せられ、盥の中にぽしゃんとつけられた。

「背中がまだだ」

サージが楽しげに洗い布をしごいた。身体を洗うのに湯を使うのは相当の贅沢だ。肩から新しい湯を流され、その心地よさにアシュはつい身を任せた。

洗い布を使い、サージはアシュの首すじから背中まで丁寧に洗い清めた。愛おしまれていることが手の動きでわかる。サージが洗い布を脇に置いた。

「サージ、あとは自分で……」

直接手の平で肩を撫でられ、アシュは反射的に逃げた。サージが当然のように引き寄せる。

「アシュ、性交したい」

なんの躊躇もなくささやかれ、不意打ちにどくん、と脈が乱れた。かっと耳が熱くなる。

「それはだめだ」

昨日のことはサージの突発的な成長に対処しきれずに起こってしまったことだ。過《あやま》ちだったとお互いに理解して、繰り返してはいけない。

「どうして」

「おれはおまえの番じゃない」

拒絶に聞こえないように、アシュはサージの頬に触れて優しく諭した。

「大人になったんならわかるだろう？」

「でも俺はアシュを愛してるんだ」

「おれもおまえを愛してるよ。おまえはおれの唯一だ」

それはことあるごとに口にしてきた言葉だった。物心ついたときから一人で歩いてきたアシュにとって、一心に慕ってくれ、全幅の信頼で甘えかかってくれるサージは本当に生きる理由そのものだった。

「ならどうしてだめなんだ？」

サージが心底不思議そうに訊いた。

「アシュだってしたいのに？」

湯の中で反応しかかっているものに、サージが触れた。

「これはただの反射で…」

言い訳を、サージの唇がふさいだ。たった一回の交わりで、サージは完全に口づけの技巧を身に着けていた。

性交は数えきれないほどしてきたし、教えられたさまざまな性技も会得《えとく》しているが、アシュはごく普通の口づけをあまり経験していなかった。

唇が合わさり、唾液と舌を絡ませ合うだけなのに、どうしてこんなに胸が高鳴るのか不思議だ。弱くサージの胸を押し返そうとして、逆に激しく抱きしめられた。舌が吸い取られ、息ができない。

「あ」

サージがアシュを引き寄せ、背中と膝の下に腕を入れて横抱きに持ち上げた。湯が跳ね、石床を流れていく。脱ぎ捨てていたアシュの巡礼装束も湯を吸って膨らんだ。サージはその上にアシュを押し倒すように寝かせた。

「アシュ」

口づけられ、おしかかられて、息が勝手に甘く蕩けた。

「アシュ、俺のアシュ」

熱っぽい囁きに、抵抗できない。

「足を開いて」

だめだ、と思うそばから「なぜだめなんだ？」ともう一人の自分がそそのかす。

サージはいずれ自分の番を見つける。

聖獣は生命力がけた外れに強い。サージは卵から孵ってすぐ一番生存に適した姿をとり、たった三、四年で成体になって自由自在に姿を変えられるようになった。それならカーリンの言うように、他にも同じように身を潜めている同族がいてもおかしくはない。夜中に空を駆けるようになれば案外早く同族と出会い、番を見つけるかもしれない。それまで性欲を発散させてやるだけだ。

アシュ自身も取引以外での性交など、夕べが初めての経験だった。口づけすら慣れていなくて、サージの情熱のこもった舌に翻弄され、されるままになってしまう。

「あ――ん、う……」

石床に敷いた装束が湯に濡れて肌にまとわりついた。サージの着ている服も肌に張りついて、逞しい身体が透けている。

「アシュ」

両足を大きく左右に広げられ、さらに腿をすくい上げられた。明るい日差しの差し込む湯あみ場で、アシュは自分が庇護していたはずの相手に無防備な姿で捕らえられていた。サージがその気になれば、たぶんあっという間に喰い殺されてしまう。大きく強い体躯と、口元からのぞく強靭そうな歯に、アシュはぶるっと震えた。

「寒いのか？」

サージが見当違いの心配をして、アシュは笑って首を振った。――おまえに今からされることを期待して、身体が勝手に喜んでいる。

サージに好きに扱われることに不思議な官能を覚え、アシュは全身の力を抜いた。

「アシュ」

サージが手早く服を脱いだ。

いつの間にか陽はずいぶん高くなっていた。天窓から差し込む日差しが濡れた石床を白く光らせている。サージの唇や舌が身体中を確かめるように辿っていく。

「…あぁ……」

今まで一方的に嬲《なぶ》られ、弄ばれたことしかなく、愛おしまれて触れられるとこんなにも感じてしまうのか、とアシュは震えた。触れられるところすべてが性感帯になってしまう。

「サージ、噛んで」

甘い快感だけで満たされることが怖くて、アシュは指先をサージの口に持って行った。

「もっと」

中指の先を甘噛みされ、物足りなくて濡れた口の中に突っ込んだ。

「あ…っ」

中指と人差し指をがりっと噛まれた。痛みが鮮烈に身体中を戦慄かせた。サージはアシュの手を口から離すと耳の下に歯を立てた。痛みにぞくっと背中が震える。

「サージ、サージ」

十分熱くなっていた身体に、サージがさらに火をつけた。脇や内腿の柔らかなところに歯を立てられると泣きたいほど感じて、アシュは「もっと」と言い続けた。

「アシュ」

促されて、アシュは自分で俯せた。腰を抱え上げられ、深く穿たれる。

「――あ、あ…ぅ……っ、はあ、……っサージ……」

自分から欲しいと思って受け入れたことがなくて、それがこんなにいいということも知らなかった。サージが背後から抱きしめ、耳や髪にキスを浴びせた。

「愛してる、アシュ。愛してる」

サージの情熱に呑み込まれるようで、アシュは心を揺さぶられた。

「アシュ、アシュ…」

深く打ち込まれるたび、快感が深くなっていく。

「――サージ……っ、あ、ああっ……」

律動に合わせて快感を追うと、身体と心がそのままサージとつながり合うようで、アシュはなにもかも忘れて行為に溺れた。

一度では満足せず、サージは体力が尽きるまでアシュを貪った。

もう指一本動かせなくなったアシュを、サージは横抱きにして二階に運んだ。

「アシュ、大丈夫か?」

寝台に寝かされたときにはもう半分眠りかかっていて、アシュはなんとか頷いた。サージが額や頬に口づけ、水を持ってくる、と階下に降りて行った。

サージの足音をうつつに聞きながら、アシュはひどく満たされていた。あちこち噛まれ、何度も穿たれたところはまだサージが入っているような感覚が残っている。でもその痛みや異物感が充足につながっていた。これはなんだろう……。

「おまえに世話されるなんて、なんだか変な感じだ」

水差しを持ってきたサージに甲斐甲斐しく気遣われ、アシュは妙な気分だった。

「これからは俺がなんでもする」

サージはアシュの手を取り、指先に口づけた。

これから……。

アシュは気怠い身体を持て余しながら、ぼんやりとこの先のことを考えた。

サージを拾ってから、アシュはひたすらサージを守り育てることだけを考えてきた。独り立ちさせるために聖獣の生態を知りたいと思い、忘れたい過去しかない王都近くのこの町にも来た。

結局聖獣の確たる生態はわからないままだが、サージは無事成体になった。が、アシュが漠然と思い描いていた別れは訪れなかった。それどころか、サージは寝台に腰かけ、アシュの長い銀髪に口づけている。

通過儀礼として喰い殺されるかもしれないとさえ覚悟していたのに…と考え、ある意味喰い殺されたのか、と複雑な気分でひとり笑った。

どちらにしてもサージに番が見つかるまでのことだ。アシュは無理やりそう結論づけ、されるままになっていた。

サージが屈みこんでアシュに口づけようとしたとき、外が急に騒がしくなった。

荷馬車が横づけされる物音がし、言い争うような声がする。思わずサージと顔を見あわせ、アシュは急いで起き上がった。サージは窓辺に寄って下を覗き込んだ。

「あ、カーリンだ」

「カーリン？」

夜には帰って来ると言っていたが、まだ陽も高いのに、とアシュは驚いた。

「誰か連れて来ている」

サージが言い終わらないうちに、階下から「アシュ！」とカーリンの声が聞こえてきた。

「いるか？　アシュ。ちょっと来てくれ」

「俺が行く」

寝台から下りようとしたアシュを制して、サージがさっと部屋を出て行った。

身体がどうにも怠く、首筋や手首にはサージがつけた噛み痕や鬱血が残っている。アシュは荷物から着丈の長い巡礼装束を出して着替えた。袖を伸ばし、いつも首にかけているクザルフの鎖を短くして喉元も隠す。

「よし」

アシュは背筋を伸ばして気合を入れた。今までもサージに充分食べさせるため、熱が出ようが怪我をしようが気力で乗り越えてきた。体力にはそれなりに自信がある。

「どうされましたか」

階段を下りて行くと、宿屋の入り口で若い男がぐったりとしているのをカーリンとサージが運び込んでいるところだった。

「あとは俺たちでやるから、おまえらは仕事に戻れ」

カーリンが粗末な服を着た数人に懐から硬貨を出して追い払った。運び込まれた男は見るも無残なありさまで、顔は腫れ上がり、剥き出しの手足には血がこびりついている。

「アシュ、俺の部屋から気つけ薬を取ってきてくれ。おまえならわかるだろう」

階段を下りて来たアシュに、カーリンが早口で指示した。

「おまえさんはその卓を出してくれ。こいつを寝かせる」

「はい」

サージが食堂の隅に固めてあった卓を運び、アシュは急いでカーリンの自室に入った。ずらりと並んでいる薬効ラベルを張った壺から気つけ作用のあるものを見つけて、取って返す。

「これでいいでしょうか」

「ああ、それだ」

カーリンは乾燥させた葉を手のひらにとり、揉むようにして男の鼻にあてた。

「ほら、しっかりしろ」

ややして、男がうっすらと目を開けた。

「気がついたか」

カーリンがほっと肩から力を抜いた。

「あんたは…？　俺はどうして…」

しゃべりかけて、男は顔をしかめた。口の端が切れていて、血が滲んでいる。

「おまえさん、王都から荷車に放り込まれて運ばれたみたいだな。何をやらかしたのか知らねえが、袋叩きに遭って河原に捨てられてたらしい。廃品集めの連中が見つけて、俺のところに担ぎ込んできたんだ」

気絶する前の記憶が戻ったのか、男は腫れた顔を引き攣らせた。

「商売敵の仕業だ。俺が衣装を献上することになったからって、こんなひどい真似を」

顔色が戻り、男は激高したが、すぐまた「痛え」と泣き声をあげた。

「ほら、いいからこれを深く吸え。痛み止めだ。ゆっくり、深く吸うんだ」

ぼろぼろになってはいるが、男の着ている服は刺繍がほどこされ、一目で上等なものだとわかった。

「そろそろ壁の向こうじゃ祭礼の準備が始まってるだろうから、これからこういうのが増えるんだ」

怪我の手当てを済ませ、痛み止めの効能で男が寝入ると、カーリンはうんざりしたように言った。

「サイレイ？」

サージが首を傾げた。

「神リエラを称える祭りだ」

ああ、とサージがうなずいた。

王都祭礼は年中行事のうち一番盛大に執り行われる神事だ。聖殿には王族が参列し、貴族たちは贅《ぜい》を競ってさまざまな貢物を捧げる。

「その日は神リエラの思し召しで王都の門が開いて自由に行き来できる。ただしその日に罪を犯すと十倍の咎になり、死後厳しく裁かれる。人というのはそういう教えが胸に引っ掛かって畏れるものだから、案外混乱は起こらんが」

カーリンがにやにやとアシュに目配せをした。

「祭礼の夜に司祭を騙し、準備万端で逃げ出した神の愛し子もいるが、あれはよほど豪胆でなければできない業だ」

アシュは鼻で笑った。

「あれが罪なら、司祭たちのしていることはなんでしょうか」

「まったくな」

カーリンが急に真顔になった。

「神の都と称して権威を借り、聖職者たちはやりたい放題だ。まあどこの聖職者もろくでなし揃いだが。ともかく祭礼が近くなると王都中が浮足立つし、いざこざも増える。結果、王都の外に蹴り出されてくる者も増えるというわけだ。おまえさんたち、しばらくここで俺の手伝いをしないか」

カーリンが思いがけない提案をした。

人助け半分、商売半分で、カーリンは王都から逃げてくる者や怪我人などを引き受けているという。

「おまえさんは読み書きが達者だし、薬草の知識も多少はある。サージは体力があるし、いざというときは頼りになりそうだ」

雇っていた若い者が里に呼び戻され、後任を探していたところだという。

「聖獣のことを調べたいのなら暇を見て書物院に行けばいい。おまえさんに手を出そうとした司祭殿はすっかり怯えて医務院にこもっているようだから大丈夫だ。俺が出入りできるように取り計らってやる。どうだ」

「それは、我々はここに置いていただけるのでしたらありがたい限りですが」

それなら決まりだ、とカーリンは腰を上げた。

「俺は今日まだ仕事がある。この男は薬が効いてしばらく眠っているだろうが、ときどき様子を見てやってくれ。この身なりだからそれなりの商人なんだろう。誰かがこいつを探しに訪ねて来るかもしれんから、そのときには気つけ薬で起こしてやれ」

カーリンが仕事に戻り、しばらくして男の仕事仲間だという者が「やはりここだったか」とほっとした様子で訪ねてきた。どうやらこの町ではこうしたことが起これば「まずはカーリン殿のところへ」と周知されているようだった。こんなふうに怪我人や曰くのある者を保護するのが日常茶飯事なら、確かに人手は必要だろう。

「少しの間、ここにいさせてもらうか」

「俺はアシュさえいれば、どこで暮らしても構わない」

二人きりになり、サージはさっそくアシュを後ろから抱きすくめ、髪にキスをした。

「俺はもう成体になった。これからは俺がアシュを守る」

サージの声は明るかった。

「アシュ、愛している」

心底嬉しそうに口づけをされ、アシュはこの現状をどとらえていいのかわからず、ただ戸惑っていた。

8

「はい、もういいですよ」

殺菌作用のある薬草を漬けた水で擦過傷を拭いてやり、アシュは安心させるように微笑んだ。アシュの前にはいたずら盛りの男の子が泣き疲れて母親にもたれている。

カーリンの宿屋に落ち着いて、十日ほどが経っていた。初夏の日差しが宿屋の入り口から斜めに差し込んでいる。

「打ち身は二日もすれば楽になります。傷だけは毎日この水で洗い流してください」

「ありがとうございました」

母親がほっとした様子で前掛けから絹糸をひと巻き取り出した。

「うちはあんまり余裕がなくて、こんなものしかないんですが、どうかこれでお許しください」

「お気持ちだけいただきましょう」

アシュは絹糸を一度受け取り、目の高さに掲げてから母親に返した。

「子どもの怪我でお礼などいただいたら、カーリン殿に叱られます」

「でもこんなによくしていただいて」

「わたしはカーリン殿の代理ですから。お礼はカーリン殿に伝えておきましょう」

アシュは少しかがんで男の子と視線を合わせた。

「これからは空を飛ぶ練習はもう少し低いところでしてくださいね」

男の子はアシュと目が合うと恥ずかしそうにもじもじして母親のうしろに顔を隠した。

「この子は美しいかたにはいつもこうなんですよ。すみません」

母親が申し訳なさそうに謝った。

「このところ、ドライトンが出たとかってデマが流れているでしょう。それで友達とドライトンごっこなんかして。ドライトンはもうとっくに絶滅しましたのに、誰がそんなデマを流してるのやら」

おかげで子どもがこんな怪我をした、と母親は腹を立てていた。

「この季節は流星が多いですからね。見間違ったのでしょう」

内心どきりとしたが、顔には出さず、アシュはにこやかに親子を戸口まで見送った。手をつないで仲良く帰っていく後姿に、サージと一緒に里に下りると決めたときの自分たちが重なる。

アシュには貴重な絹糸を差し出しても惜しくないほど大事に守ってくれる母はいなかっ

たが、命を懸けても幸せにしたいと思える相手は見つけられた。

「アシュ！」

入れ違いのようにサージが外の門から姿を現した。艶やかな毛並みの馬に乗り、悠々と現れるさまはどこかの貴族の子弟のようだ。

「おかえり」

サージがひらりと馬から下りた。胴震いする馬の首元を撫でると、アシュのほうに曳いて近寄ってくる。

「すっかりおまえに懐いたな」

「ずっと運動不足だったから、思う存分走れて嬉しいんだろ」

以前、息子の性病を人知れず治してやったお礼にとカーリンが金持ちから譲り受けたものの、乗りこなせないまま繋いでいた馬だ。カーリンに「こいつに乗る練習をしてみないか」と言われたその日のうちにサージは見事に乗りこなし、町中の娘の注目の的になった。

「施術はもう終わったのか？」

「ああ、今の親子で最後だった」

カーリンの代わりに怪我の手当てをしたり薬草を見立ててやったりしていると一日がす

ぐに過ぎる。

最初は見よう見まねでカーリンの手助けをしていただけだったが、「おまえには薬師の才があるぞ」と言われ、ここ数日は「手に負えない者が来たら聖堂まで使いを出せ」と一人で担わされている。

王都祭礼が近づき、王都に隣接するこの町の聖堂には各地からの巡礼者が詰めかけて、カーリンは大忙しのようだった。

「アシュ」

馬を裏庭に連れて行き、しばらくしてサージが戻って来た。胸元から小さな包みを出しながら近寄って来る。

「なんだ？」

サージは嬉しそうにいそいそとアシュの手を取り、包みをほどいて中から小さなものを取り出した。

「ココから、好きな人には贈り物をするんだと教えてもらった」

ココというのは、この町に初めて来たとき荷馬車で一緒になった母娘の娘のほうだ。サージが馬に乗るため森まで行ったとき、友人たちとピクニックに来ているところと偶然会って仲良くなったという。最近は淑女が自分の馬を持つのが流行りで、サージは「聖者さまのおつきのかたならば安心」と彼女たちの親に雇われ、にわか馬術の教師をすることになった。

「ココたちに、想い人はいるのかと訊かれた」

初めてココの屋敷に出向いた日、帰って来たサージは初めての経験に目をきらきらさせてアシュにあれこれ話して聞かせた。

若い娘に取り囲まれ、質問攻めにされているサージを思い浮かべ、アシュはあまりいい気持ちはしなかった。

「うっかりしたことは言うなよ」

「わかってる。俺はアシュが西方巡礼の旅の途中で拾った子どもだ。年は十六。親は盗賊に殺されて、兄妹とは生き別れた」

サージはすらすらとアシュの作った身の上を口にして「可哀そうに、と同情された」とおかしそうに笑っていた。今は三日に一度の約束で、ココの屋敷に出向いて娘たちに馬術を教えている。

「ちょっと待て。これはいったいどこで手に入れた?」

サージに手を取られ、薬指に細い金の環を嵌められた。驚いて、ついきつい声を出してしまった。

「ココの家の、出入り商人から買った」

サージはきょとんとしている。

「金は！」

「今日、馬術の給金をもらった。愛をこめた指輪を贈って、左手の薬指に嵌めてもらえば、その人の心に繋がり、愛も繋がるのだと」

アシュは指輪を外した。

「気に入らなかったのか？」

サージは悲しそうに指輪を眺めた。

「大きさの調整はいつでもできると商人が言った。刻印とやらもできるから、まずは愛を捧げて、それから――」

「サージ、これは貰えない」

アシュはため息を押し殺し、指輪を返そうとした。

「おまえの気持ちはとても嬉しいよ。でもおまえが自分の働きで得た金を、おれのために使ってはだめだ」

「なぜだ？」

サージは傷ついた目でアシュを見つめた。

「俺はアシュに求愛している。こうしたものを贈って愛を伝えるのだとココに教えてもらった」

「小娘にか」

ふっと鼻で笑い、笑ってからアシュは「その小娘に自分は張り合っているのではないか」と気づいて恥じ入った。

「ココは『れんあいさほう』というものをたくさん知っているのだと他の娘たちが言っていた。違うのか？」

「恋愛作法？」

よく意味もわかっていない言葉を口にしたのが可愛くて、今度はなんの厭味もなく笑ってしまった。

「アシュが気に入るものが、俺にはわからないんだ……」

途方に暮れたように手のひらに乗せた指輪を眺めているサージに、大人げなく意地悪をしてしまったようでアシュは急に自分が嫌になった。

「アシュ？」

「おれが悪かった。せっかくおまえが贈ってくれたのに」

アシュは指輪をつまみ上げ、首のクザルフを外して鎖に指輪を通した。サージの顔が明

るくなった。

「指には嵌めてくれないのか」

「恥ずかしい」

「どうして恥ずかしいんだよ?」

「どうしても」

サージは不服そうだったが、アシュがクザルフをかけ直すと、ひとまず納得した様子で抱きしめてきた。

「アシュ。どうしたらもっと笑ってくれる? 俺はアシュをとてもとても愛しているんだ」

恋愛作法も駆け引きも知らないサージのこの上なく率直な言葉に、アシュは知らず微笑んでいた。他愛もなく胸が高鳴ってしまう。

「アシュ…」

「おれもおまえを愛してるよ。サージはおれの唯一だ」

アシュのいつもの言葉に、サージが嬉しそうにアシュの髪に鼻先をくっつけてくる。

「アシュ、アシュ、性交したい」

そう囁かれるとびくっと震えてしまうのは、身体がもうすっかりサージに馴染んでしまっているからだ。

サージがアシュの腰のあたりを軽く持ち上げる。横抱きにされるより、まるで荷物でも担ぐように肩に引っかけて運ばれるほうが好きなのを、もうサージは知っている。

「窓を閉めて」

二階の部屋につくと、サージはアシュを寝台に下ろした。夜ごと抱き合うのはすでに当たり前になっていた。が、まだ日も落ちていないこんな時間に万が一でも人に知られては、とアシュは小声でサージに命じた。

窓の扉が閉まると、とたんに空気がむっとこもる。

「アシュ……」

このところは巡礼装束の代わりに、アシュはごく普通の町着をまとっていた。カーリンに「おまえは何を着ても妙に色気があるな」と言われてしまったが、それでも巡礼装束よりはずいぶんましだ。裾から捲り上げられればそのまま性交もできてしまう衣装の代わりに、長い上着とホーズを穿く。髪も短く切ってしまいたかったが、サージが切らないでくれというので後ろでひとつにまとめている。結んでいる細布をほどくと髪が背中に落ち、サージが嬉しそうに口づけをした。

「アシュの髪は本当に美しい」

睦言《むつごと》を知らないサージの言葉は、全部心の中にあるものだ。

「アシュ……」

自分で服を脱ぎ、寝台に横たわった。すぐサージが覆い被さってくる。もう猛っているものを優しく手で撫でると、サージが快感のため息をついた。

サージが知ったばかりの性交に夢中になるのは自然なことだ。性欲と愛情を混同してしまうのも仕方がない。

中途半端に相手をしてしまったのは自分の落ち度だと思い、アシュはサージが自分の番を見つけるまでは好きにさせてやろうと決めていた。

「アシュ」

それに、心の奥底ではアシュもサージと睦み合うことで満たされていた。

自分から相手に触れたいと思うこと、触れられて快いと思うこと、世の恋人たちのしている性交は自分の知っている性交とはずいぶん違うのだろうな、と漠然と思っていたが、今は身をもってわかる。

身体中を愛撫され、脇や腿を甘噛みされてすっかり蕩けてしまうと、サージがゆっくりとアシュの両膝を左右に開いた。回数を重ねるごとに行為は洗練されていき、アシュは我を忘れさせられるようになった。

「アシュ、今夜は一緒に駆けよう」

「ん……？」

粘膜を開かれ、太いもので突かれると自分の身体の奥が歓喜する。アシュはみっともない声を出さないようにと自分の口を手の甲でふさいでいた。

「今日は雲が出る。人目につかない。俺はものすごく高いところまで駆けられるようになったよ」

ゆっくり腰を進めながら、サージがアシュの手を離させた。

「誰もいない。声出してよ」

「――っ、あ、…あ、あ」

甘えるような声が洩れて、アシュは横を向いた。両手ともに拘束され、サージは楽々とアシュの動きを封じたり、好きなように姿勢を変えたりできる。

「アシュ、すごく綺麗だ」

汗ばんだ肌や濡れた髪、なにより感じている顔を上からじっくりと鑑賞されている。サージが緩く腰を使うと、たまらなくなって声を出してしまう。もうどんなふうにすればアシュが感じるのか、恥ずかしい声を出すのか、サージはぜんぶ把握している。

「今夜はカーリンも会合でいないと言っていた。一緒に駆けよう」

サージは毎晩透明の巨体をくねらせ、窓から空に昇っていく。初めて成体になったときはアシュもなにがなんだかわからず、一緒に飛翔してしまった。晴れた月の夜は人の目についてしまいそうだが、それでもサージが同族に出会う可能性を考えれば夜の飛翔を止める気にはなれなかった。

ドライトンを見たと噂する者もいるようだが、今のところはみなデマだと思っているし、カーリンの耳にもまだ入っていない。いずれどこかで噂を聞けば、サージが成体になったのだと気づくだろう。そのときには打ち明けるつもりだが、わざわざ話すこともない、と先延ばしにしていた。

「アシュ、…もう出す」

サージが成体になったとすれば、当然性的な面について察するに違いない。こんなふうに組み敷かれ、穿たれて喘いでいる事実を積極的に知られたいわけがなかった。

「――あ、あ」

ひときわ深く突き込まれ、サージの精が迸るのを感じて、アシュは声もなく達した。快感と精神的な高揚が綯《な》い交《ま》ぜになって、中がびくびく痙攣する。

精をたっぷりと出すと、サージはいつも満足そうにアシュの腹のあたりを撫でる。子はできないのだといくら言っても納得できないようだが、どうせできないものはできないのだから、と説明するのは止めていた。

それにサージが幸せそうにしていると、アシュも満たされた気持ちになる。

男たちに玩具のように扱われていたころは、射精されるのはただただ屈辱だった。慣れて快感を覚える自分も汚らしいとしか思えなかった。

サージに抱かれると、喜びを感じる。そんな自分を厭わしくも思わない。サージが心から愛おしんでくれるからだろうか。

「アシュ……」

汗だくになってサージが口づけをしてきた。舌を出して応えながら、いつの間にかサージの動きを身体が予測しているのに気がついた。

深い口づけをして、唇がほどけると次にアシュの額の傷痕にそっと口づける。四方に花弁を伸ばした形に薄く盛り上がった皮膚はクザルフに似ていて、それに口づけるときのサージは、なにかに誓いをたてているように珍しく厳粛《げんしゅく》だった。アシュも目を閉じ、サージの唇の感触を額に受け止めると、いつも不思議と静かな気持ちになった。

そのあとアシュの身体を清めてくれ、ぜんぶが終わるとサージはアシュをくるみこむようにして寝台に横たわる。呼吸が完全に落ち着くまでアシュの髪を撫で、足を絡め、そして人から獣に変わる。口が裂けて目が吊り上がり、手足が縮んでいくにつれ、アシュはふさふさした毛並みを撫でようと待ち構えた。

「ふふ」

サージの首元のふっさりした毛に頬を埋め、たっぷりの尻尾で脇腹をくすぐられると安穏として、自然に笑ってしまう。サージはアシュが笑うと嬉しそうだ。成体になったサージにはもう獣の姿になる必要はなさそうだったが、アシュを喜ばせるために眠るときは今も獣の姿に変わってくれる。

月の出ている明るい夜は、サージは人々が寝静まる深夜まで獣になってアシュと眠り、今日のように雲が出ていたり雨の夜には早々に窓から出て行った。

夜明けにはアシュの隣に戻っているが、夜半に目覚めると大抵サージは不在で、窓から夜空を見上げると、遠くで風がびゅうびゅう鳴っていた。

まだ今は自分に執着しているが、いつかサージは朝になっても戻って来なくなるだろう。それがいつになるのかはわからないが、成体になるのも予想していたよりずっと早かったから、自分の手から離れるのも早いかもしれない。

そのとき自分は泣くのだろうか。

昔は辛かったり痛かったりで泣くことはしょっちゅうだった。

サージを拾ってからは、泣いたのは一度きりだ。山狩りでサージが殺されたかもしれないと半狂乱で探し、藪から小さな男の子の姿で出てきたとき、無事だったという安堵し、自分がどれほどこの存在に支えられているのかを悟り、思わず泣いた。

人の姿になれるならどこにでも一緒に行ける、と手を繋いで人里に下りた。あのとき予想していたよりずっと早く大人になってしまったけれど、二人で長い旅をしている間中、十分愛し愛されて、アシュは心から幸せだった。

あとはサージが自分から独り立ちしていくのを見届けられたら悔いはない。

サージが帰って来なくなったとき、たぶん泣いてしまうだろうが、この人生で泣くのは、きっとそれが最後だ。

「アシュ、アシュ」

いつの間にかまどろんでいて、サージに起こされた。あたりはすっかり暗くなっている。

「行こう」

サージが窓枠に片足を乗せて、アシュのほうに手を伸ばした。

「今日は月も星も出てないから人には見えない。雨も降ってないから一緒に行ける」

「おれは行けない」

「なぜ」

低い確率だが、もしサージが同族と出会ったとき、人間が一緒にいては疎まれる。

「おれはおまえのように飛んだりできない。怖いよ」

「初めて俺が駆けたとき、アシュも一緒に行っただろ？　アシュは笑ってたぞ。声を出して笑ってた。あんなに楽しそうなアシュは初めてだった」

「夢だと思ってたからだ」

行っておいで、と目で促すと、サージは何度も窓の外とアシュを見比べていたが、やがて我慢できないというように飛び出して行った。アシュにはわからないが、ドライトンが空を駆けるのは生きるために必要なことのようだった。

物凄い風が吹き、窓のそばの大木がざあっと枝葉を揺らした。激しい突風に目を開けていられず、反動で一歩後ろに下がったが、風はすぐおさまった。

アシュが目を開けると窓の外は真っ暗で、窓枠に手をかけて空を見上げたが、月も星もない夜空には何も見えなかった。

9

いよいよ王都祭礼の日が近づいた。

王都に隣接するこの町には門が開放されるのを待ちわびる人々が集まり、すでに祭りが始まったかのように沸き立っていた。宿はどこも満杯で、町の広場や大通りで野宿を決め込む者、それを目当てに商売する者で溢れ返っている。

カーリンは聖堂での仕事が忙しくなり、訪ねて来る怪我人や薬草の処方はアシュに任せて滅多に帰って来なくなった。

馬術を教えに行く以外はアシュのそばにいるサージと二人で病人や怪我人を診て過ごし、アシュは不思議な充実を感じていた。

こんなにも穏やかな気持ちで日々を過ごし、今がずっと続いてほしい、と願ったのは生まれて初めてだ。

サージと出会うまでは刹那を生きるだけだったし、サージと二人で旅をしていた頃はいつ野盗に襲われるか、明日食べるものはどうするかで頭がいっぱいだった。

サージを早く独り立ちさせてやらなくては、という気持ちに嘘はないが、同じくらいにずっとこのままでいたい、と願ってしまう。

「サージ、おはよう」

その日の朝も目が覚めるとサージがいて、ふさふさした尻尾がアシュの足や腹を撫でていた。夏でも朝夕は寒いので、サージに包まれるのは心地よかった。

アシュが目覚めると、しばらくしてサージは人に姿を変える。口づけをして長い髪を撫で、性交をせがむが、朝は許さなかった。

「今日も忙しいだろうから、朝から疲れているわけにはいかない」

町に人が滞留するにつれ、喧嘩や事故で運び込まれる者も増えている。

「アシュ…」

とはいえ、若いサージがいくらでもしたがるのは理解できる。アシュは手を伸ばし、サージの欲望に触れた。これをなだめてやるくらいは簡単だ。

「アシュ、……っ」

あっという間に固くなり、サージの頬に赤みが差した。眉を寄せ、瞳を潤ませるサージに、アシュも自然に息が早くなった。夜には自分を組み敷き、力強く支配する相手がアシュの肩口に額をつけてこんなささいな愛撫で息を乱しているのがたまらなく可愛い。

「――」

手の中に温かなものが溢れ、サージが脱力した。アシュ、と潤んだ瞳で見つめられ、アシュは顔を傾けて自分から口づけをした。

「アシュ」

感激したようにサージが抱きしめてきた。

「さあ、起きよう」

いつの間にか自分も興奮していたことに気づき、サージに見つかる前に、とアシュはさりげなく寝台から下りた。もうさして若くもないのに、このところサージに引きずられてことあるごとに欲情してしまう。そんな自分がアシュは少々気恥ずかしかった。

「朝からずいぶん騒がしいな」

それぞれ身じまいをして、サージが窓を開けた。早朝の爽やかな空気とともに、大通りからの喧噪が流れ込んでくる。

「もう明日には門が開くからな」

「王都祭礼っていうのは、そんなに素晴らしいものなのか？」

「神リエラを称えると称して、大騒ぎするだけだ。それでまたいろんな利権が聖殿に集まり、聖職者たちがいい思いをする」

どうしても口調が皮肉になる。

王都の聖殿は国の権威の象徴だ。

神リエラを祀るのは王族だが、聖職者の最高位は「神リエラの思し召し」と神託を使って人々を支配できる。

洪水が起これば神の怒り、日照りになれば神の哀しみ、と植えつけられた人々の畏れは聖職者たちの権力に直結している。神を畏れていないのは、聖職者たちだけだ。

「おれたちも巡礼の聖者と偽っていたおかげでなんとか生き延びてきただろう？　クザルフをかけている者を殺《あや》めるのは、辺境の野盗ですらためらうからな」

　実際、幼いサージと女代わりにできそうな容姿のアシュが、たった二人で三年も旅をしてこれたのはクザルフのおかげだ。かつて自分を弄んだ司祭たちが興奮の種にと飾り立てたものを、今度は自分が生きる術にしてきた。皮肉だ。

「さあ、朝飯を食べよう。きっとすぐに誰か来る」

　アシュは勢いをつけて寝台から下りた。昨日もひっきりなしに怪我人や行き倒れが運び込まれた。幸いまだ手当てをしてやれば済む者しか来ていないが、王都祭礼のあとは留め置いてやらねばならない者も出てきそうだ。そのための準備もしておかねば、とアシュは空き部屋の清掃も始めていた。

「アシュさま！　アシュさま！」

　思った通り、その日も次から次に人が訪れ、足をくじいたという下働きの男を診てやり、サージが大通りまで送っていったのと入れ違いのように小柄な男が飛び込んできた。聖堂で、カーリンの右腕として働いている男だ。一度夕食を共にしたことがある。

「どうしました」

「カーリン先生が川で小さい子を助けて、アシュさまにエルムソとシタダ、それに火おこしを持ってきてくれと」

男はぜいぜいと息を切らしながら一気に捲し立てた。

「お願いします。これを」

男が握っていた紙には、カーリンの走り書きで薬草と処置器具の名前が書き止めてあった。

「アシュ?」

へたり込んだ男の後ろから、サージが顔を出した。

「どうかしたのか?」

「サージ、聖堂まで連れて行ってくれ」

手短に事情を話すと、サージが馬を出す間にアシュは薬草部屋に走った。カーリンの指示した薬草はどちらも意識を覚醒させる作用のあるものだ。必要なものを背負い袋に詰め込むと、サージの馬で聖堂に向かった。

「アシュさま、こちらです」

聖堂の裏には、顔見知りの男が待ち構えていた。

「おお、アシュ」

今年は巡礼者の世話を任されたとかで、聖堂に泊まり込みをしているカーリンと顔を合わせるのは二日ぶりだった。どうやらそこは聖堂の下働きをしている者たちが集う場所らしく、清掃道具や長椅子などが置かれていた。

アシュが入って行くと、カーリンは腕に幼い男の子を抱いていた。全身ずぶぬれで、抱きかかえているカーリンの腕からも水が滴っている。

「川に流されてたのを引き上げて、今運んできたところだ」

「これでいいでしょうか」

アシュは背負い袋から頼まれた薬草や器具を出した。

「火を焚いて、エルムソを三束、シタダを一枚炙ってくれ」

「はい」

集まっていた下働きの者たちが手分けして男の子の濡れた服を脱がしたり毛布で手足を拭ったりした。

男の子の身体は全身に細い擦過傷が残っていた。美しい顔立ちをしているが、唇は青く、目の下は黒ずんでいる。

「――あっ」

そして足には赤い痕があった。まるで飾りのように両足首を一周する赤い痕に、アシュは息を呑んだ。

自分と同じ足の痕――逃げられないように短い金の鎖で繋がれた痕だ。

「おい、しっかりしろ！」

アシュは思わず男の子を揺すった。男の子は弱々しく目を開けたが、その瞳には力がない。すぐまたぐったり目を閉じてしまい、カーリンが「息をしろ！　目を開けろ！」と叫んだ。

「おい、おい、諦めるな、しっかりするんだ、おい！」

カーリンが男の子の頬を叩き、アシュは薬草を炙った。

「アシュ？」

馬を厩舎《きゅうしゃ》につないでいたサージが入って来た。

「サージ、こっちに来てこの子の胸を押せ。こうだ」

カーリンは男の子の胸を強く押してみせた。

「蘇生術だ。教えたことがあるだろう」

「ああ、覚えてる。まかせろ」

サージは一目で状況を理解し、大股で近づいて来た。

「いくぞ」

サージの動きに合わせてカーリンが口に息を吹き込んだ。

「うう」

何度目かに、男の子が声を出した。頑張れ、しっかりしろ、と声をかけていた者たちがおお、とどよめいた。

「息をしろ！」

カーリンがもう一度男の子の頬を叩いた。アシュはエルムソの燃え滓を素手でつかんで揉み、男の子の鼻に当てた。

「う、う…っ」

男の子は薄く目を開いた。相変わらず顔には血の気がないが、意識は戻った。

「頑張れ」

手が火ぶくれしたが、アシュは夢中で男の子にエルムソを嗅がせた。

「しっかりしろ、頑張れ」

この子は自分と同じ目に遭っていたはずだ。両足首の赤い痕の他に、男の子の腰を覆っている布にも見覚えがあった。全身の打ち身も、痣も、どういう理由でそうなったのか、アシュにはわかる。

「死ぬな、死ぬな！　好き勝手に弄ばれて、挙句に『愛し子は神に召されました』と涼しい顔で片づけられていいのか？　おまえは自由になれたんだ！　死ぬな！」

叫んでいるアシュに、男の子のまぶたがぴくぴく震えた。

「聞こえるか？　目を覚ませ！」

「あ、あ」

「よし、頑張れ！」

引き攣れたような声がして、アシュは男の子の手を両手で握った。

「あ――」

「目を覚ませ！」

男の子が唇をはくはくと動かした。希望を感じたそのときに、男の子は突然げぼっと奇妙な音を立てて呼吸を詰まらせた。

「サージ、もう一回だ！」

みるみる顔がどす黒くなっていく。カーリンが怒鳴り、サージは男の子の胸を押した。アシュは「死ぬな！」と必死で叫んだ。周りの者たちはみな固唾《かたず》を呑んで見守っている。

「神リエラ、お助けを」

誰かの涙声がした。

「お助けを」

「神リエラ、どうかこの子に憐れみを」

そんな祈りは通じない。

神リエラなどどこにもいない。いるわけがない。この子は神リエラの名のもとにこんな苦しみを受けている。

アシュはひたすら男の子の足や手を擦り続けた。鎖で繋がれた痕は、足だけでなく手首にもあった。

おれより酷い目に遭っていたのもしれない。

もしやおれがああして逃げたから、「神の愛し子」たちはもっと酷い目に遭うようになったのか。

夜半、男の子はそのまま死んだ。

男の子が墓掘人に託されるのを、アシュはぼんやりと見ていた。カーリンや下働きの者たちはひとしきり黙祷《もくとう》を捧げ、それぞれの持ち場に帰って行った。

男の子は下水の柵に引っ掛かっているのを、夕刻ごみ拾いの男が見つけて引き上げてきたという。二日ほど前に大雨が降ったので、水嵩《みずかさ》が増した王都の下水がこちらに溢れてきたんだろう、とカーリンがいたましそうに呟いていた。

苛烈な虐待の末に虫の息になったのを、面倒だとばかりに汚水に沈められた男の子は、名前もわからないまま、無縁墓に埋められて終わった。あれは自分だったかもしれない。

「アシュ」

一人で聖堂の裏門に立ち尽くしていると、サージが後ろからそっとアシュの肩に触れた。

「疲れただろう。帰ろう」

深夜になっても、まだ大通りには人が大勢うろついていた。明日、王都への八つの門が開けば一斉に乱痴気騒ぎが始まる。

その夜、サージはただいたわるようにアシュに寄り添ってくれた。サージに気遣われ、大きな身体にくるまれて、アシュは逆に寂しくなった。昔はこうして寄り添って慈しむのは自分のほうだったのに。

サージは成体になった。大人になった。もうすぐ独り立ちして去って行く。

残されて、あと自分に残っているのはなんだろう。

その夜も、ふと目覚めると隣は空っぽだった。

寝台から下りて、アシュはサージが出て行ったあとの窓から夜空を見上げた。東の空にうっすらと群青が混じり始めている。夜明けが近い。今日は王都祭礼の日だ。

七年前の祭礼の日、アシュは自力で王宮を脱出した。失敗すれば命はない。それどころか死んだほうがましだと思うほどの惨たらしい目に遭うだろう。それでもアシュを突き動かしたのは、ひたすらな怒りだった。

攫われ、売られ、自由を奪われ、辱められ続けた怒りが、あらゆる恐れを凌駕《りょうが》した。

そうしてアシュは自由を手に入れ、サージを拾った。

大切に慈しんで育て、愛し愛される喜びを知り、でもサージは独り立ちをしてまた一人に戻る。

寝台に戻ろうとして、アシュは自分の足首に目をやった。赤い鎖の痕に、サージのつけた歯型が残っている。

寝台に腰かけて足首に触れ、――墓掘人に渡された男の子のだらりと垂れ下がった足首を思い出した。一度は意識が戻りかけたのに、助けてやれなかった。アシュはぐっと奥歯を噛みしめた。

あの頃、アシュは見て見ぬふりをする周囲の大人たちを憎んでいた。

大人は狡く、理不尽で、卑怯だ。――では、今の自分はどうなのだ。

アシュは顔を上げた。

この町に来たのはドライトンの生態を知るためで、王宮のことなど「昔の嫌な記憶の残る場所」としか認識していなかった。

　アシュはもう一度窓辺に寄った。

　こうして待っていてもサージはいつか帰って来なくなるだろう。寂しいけれど、サージが自分の生を思う存分謳歌してくれるのなら悔いはない。

　あと自分の人生で思い残すことがあるとすれば――。

　どす黒く濁った男の子の目が浮かんでくる。アシュはぎゅっと拳を握った。あれは逃げられなかったもう一人の自分だ。

　今も、王都の聖殿には捕らわれたままの「神の愛し子」がいるはずだ。

　東の空が白み始めている。

　祭礼の日だけは王都の門が開く。逃げる機会は一年に一度きりだ。

　助けてやれる機会も、一度きり。――今夜だ。

10

　深夜になっても王都の中の喧噪はいっこうに止みそうにもなかった。

　城壁の外でそのときを待っていた人々が煌びやかな王都の中へと雪崩《なだ》れ込むと、祝砲が鳴り、楽隊が陽気な演奏をしながら通りを練り歩き始めた。

普段は王都への出入りは厳しく制限され、検問も厳重だが、この日ばかりは鷹揚になる。アシュも巡礼服をまとい、人の波に乗って門を通過した。

一人でこうして人混みの中を歩くのは、考えてみるとずいぶん久しぶりだ。常につき従っているサージが後ろにいないのは妙な感じだった。幼獣のころ、足元に絡みつくようにしていつもついて来たサージをふと思い出し、アシュは知らず微笑んでいた。通りかかった人が顔を覗き込むようにしてきて、アシュはさりげなくベールを目元深く被り直した。

サージは今ごろ雲の上を飛翔しているだろう。最近は夜明け前に帰ってくることもあるから、できるだけ早く全部を終わらせて戻らなければならない。

アシュは早足で人混みをすり抜けた。聖殿で何年も飼われていたが、王都の中を自分の足で歩くのは、逃げ出した夜一回きりだ。それでも王都の中央に位置する聖殿は見誤ることはない。王族の居城に隣接し、聖殿は堂々とした威容を誇っていた。

正門は固く閉ざされ、クザルフの形にくりぬかれた飾りタイルが壁面に散らばっている。祭礼の夜のみ、巡礼者は聖殿の礼拝堂や祭壇で祈りを捧げることが許される。

アシュはベールを取り、クザルフをかけ直した。後ろでまとめておいた髪もほどくと、周囲の巡礼者たちは気圧されたように自然に道を空けた。

屈強な警備員が二人、門の前で待機している。

「神リエラのお導きにより、祈りを捧げに参りました。お通し願います」

アシュの堂々とした態度に、横柄に腕組みをしていた警備兵が眉を寄せた。

「司教の祭祀参列が終わるまでみなここでお待ちいただいている」

こうして利用するのは最後だ、とアシュはあでやかに微笑み、胸のクザルフを額の位置に掲げた。警備員が眉を上げた。

「そのクザルフは」

「大司教さまから賜《たまわ》りました」

特別な刻印が施され、四方に美しい石が嵌めこまれているクザルフは、一般人では絶対に手に入れることのできない逸品だ。

「今夜の祭祀参列に、わたくしも加わるようにとの仰せでございます」

「証文は」

「こちらに」

アシュは懐から羊皮紙を取り出した。急ごしらえの偽の証文を、護衛は一瞥しただけで返してよこした。

「通れ」

アシュは慎ましく目を伏せて中に入った。

聖殿の中は、七年前よりも煌びやかになっていた。

磨き抜かれた石床や天井から垂れ下がる凝った模様の鉄飾り、行き来する使用人たちもみな祭祀用の美しい装束をつけている。

広い聖殿の中で、アシュが知悉《ちしつ》しているのは人目の届かない奥まった場所だけだ。内心どちらに進めばよいのか戸惑ったが、通りかかる使用人に怪訝に思われるわけにはいかない。いかにも物慣れたふうを装って歩みを進めた。

いくつか回廊を渡ると、幸い見知った場所に出た。衣裳部屋や物置があり、そこから先は司祭たちが寝起きする居室が続く。

華やかな楽曲や人々のざわめきが遠くなり、磨かれた石床の感触に、過去が押し寄せた。金の鎖の音、よちよちとしか歩けず、それを見て嗤う人の声、苦痛と屈辱、怒り。

誰も助けてはくれなかった。

だから自分で助けに行く。そこにはかつてのおのれがいる。

薄暗い回廊の先に、見覚えのある居室の扉が見えてきた。祭礼の用意で人手を取られ、このあたりには人がいない。

「――誰！」

鍵のかかった扉を、祝砲の大音響に合わせて蹴破った。

かつて自分が捕らわれていた室に、痩せた男の子が一人でいた。薄物一枚の姿で、極端に短い鎖で両足を繋がれ、驚愕に目を見張って敷物の上に座り込んでいる。髪は短く、肌艶も悪い。つまりここに繋がれてまだ間もないということだ。飼い主たちは美味にするため買ってきた子どもを磨きたてる。

「おれはアシュ。以前おまえと同じようにここで飼われていた『神の愛し子』だ」

アシュは巡礼装束の帯から金切鋏を取り出した。鋭い刃に、男の子が「お許しをっ」と悲鳴をあげて泣き出した。

「なんでもします、どうか、どうか、お許しを」

「おまえを傷つけるんじゃない、逆だ。わけあっておまえを助けに来た。が、無理に連れ出すつもりもない」

アシュは男の子の前に片膝をつき、できるだけゆっくりと話しかけた。

「おれはおまえの足の鎖を断って、聖殿の外に出してやることまでしかできない。今日は祭礼の夜だからうまくいけば王都から逃げおおせられる。俺は七年前にそうして逃げた。でも自力だけでは無理だった。ほんの少しの幸運と、人の情けのおかげで生き延びて、今おまえを同じように手助けしに来た」

突然現れた自分を信じろというのが難しいことは百も承知だ。死んでも自由を手に入れたいと願う者ばかりではないことも知っている。かつてここで飼われていた他の男の子たちはひたすら何も考えないようにして日々をやりすごし、ゆっくりと死んでいった。

「おまえ次第だ。どうする」

男の子の喉がごくりと動いた。

「少し前、おれと同じような子が死んだ……こっ、殺された」

男の子が唇を震わせた。流されてきた土気色の顔をした男の子の顔を思い出し、アシュは奥歯を噛み締めた。

「おれはちょっと前に買われてきて、その子はずっとここにいたみたいだった。ふだん何もしゃべらないのに夜中に急に笑い出したり歌を歌ったりして、下働きの連中に殴られて、それで素っ裸にされて逆さに吊るされて、鼻から血が出て、き、昨日の朝にはいなくなってた。おれもこのままなら、いずれそうなる。おれは絶対にあんなの嫌だ！」

「おまえの他にまだいるのか？」

「その子がいなくなる前にもう一人いたけど、おれと入れ違いでいなくなった。そ、その子もずっと口から涎を垂らしてて、怖かった」

精神に異常をきたすのが通例になっているとしたら、司祭たちの加虐は自分のころより苛烈になっている。

「足は？　動くか？」

連れて来られて間がないのなら、まださほど萎えてはいないだろう。男の子は立ち上がって軽くその場で飛んでみせた。

「よし」

アシュは持ってきた金切鋏で鎖を切断した。

「鍵がないから足環は外せないが、王宮の外に出られたら、できるだけ早く足環を外してくれる鍛冶屋を見つけて、売り飛ばせ。その先は自分の才覚次第だ。いいか？」

男の子は緊張した面持ちでうなずいた。

「故郷まで、なんとしてでも逃げる」

生まれ故郷があるのか、とアシュは安堵した。

「これに着替えて」

室にあった祭礼用の衣装を渡して着替えさせると、自分のベールを外して男の子の頭から被せ、口元も覆った。

「サンダルがないな」

「おれは裸足は慣れてる」

「誰もいない。行こう」

外を窺い、アシュは男の子の手を引いて室から抜け出した。遠くから人々のざわめきや、祝砲の音が響いてきた。アシュは裏門のほうに急いだ。祭礼の儀式が間もなく始まる。みなそちらに気を取られているはずだ。

「お勤めご苦労さまでございます」

何度か使用人や警護と行き違ったが、一瞬訝しげにこちらを見ても、アシュが落ち着いて声をかけると、巡礼者への敬意をこめて「神リエラのご加護を」と返してきた。

「お待ちください」

やっと裏門にたどり着いた。使用人や物売りに交じって出ようとすると、警護人に呼び止められた。

「これから一斉礼拝が始まりますのに、こんなところからなぜ出ていかれるのか」

警護の男がきつい調子で言いながら近づいてくる。

男の子がぎゅっとアシュの手を握った。アシュは男の子の肩に手をやり、自分のほうに引き寄せた。

「この子が急病になりまして、他のかたがたにご迷惑をおかけせぬうちに退出いたしたく、不調法ですがこちらから」

警護の男はアシュのクザルフに目を止めた。

行かせていいものかと迷っている。さっきまで出入りしていた使用人や物売りの行き来が途切れた。

「神リエラのご加護を」

言いざま、アシュは油断していた男の向こう脛《ずね》を思い切り蹴った。

「うおっ」

「走れ！」

警護の男が大きくよろめき、アシュは男の子を突き飛ばすようにして門から出した。

男が体勢を整える前に、アシュは素早く男の腰から剣を抜いた。

「なにをする！」

男が起き上がろうとするのを剣で封じ、アシュは男の子が階段を駆け下り人混みに紛れるのを見届けた。

「ぐっ」

剣など使ったことがない。男が掴みかかってくるのを振り払うようにすると、男の腿のあたりをかすめた。血が飛び、男が膝をついた。アシュは剣を放り出し、引き返した。あと一人、助けを待っているかもしれない子がいる。

——もう一人いたけど、おれと入れ違いでいなくなった。その子もずっと口から涎を垂らしてて、怖かった。

いるとすれば、思い当る場所があった。

アシュがいた頃、精神が保たなくなった「愛し子」はさらに奥の室に監禁され、しばらくしてからいなくなった。

裏門から水汲み場を横切ると粗末な小屋が見えてくる。アシュも気絶したときよくそこで水をかけられ、放置された——思い出したくもない過去が次々に蘇ってくる。

中庭のほうから神リエラを称える讃美歌が聴こえてきた。一斉礼拝が始まっている。使用人も警備人も中庭の拝殿に注意を払っていて、あたりはひっそりと静まり返っていた。

なんの遠慮もなく、アシュは小屋の扉を蹴破った。戸板が砂埃を撒き散らしながら内側に倒れていく。

「——」

むっとする臭気に、思わず鼻と口を覆った。

暗がりに、薄物を張りつけた男の子が倒れている。衰弱して死んでいると一目でわかった。

遅かった、とアシュは小屋の中に入った。男の子は虚空を見つめ、口から血を垂らしている。足から力が抜けて、アシュは膝をついた。せめて手を伸ばし、男の子の瞼を閉じてやった。

「あそこだ」

「なにをしている」

　小屋の外に、ばらばらと足音が近づいた。

　アシュは男の子を横抱きにして小屋から出た。向こうから屈強そうな警備人が二人走ってくる。

「おまえは何者だ」

「おい、止まれ！」

　アシュは無言で男たちを見返した。

　男たちは気圧されたように足をすくませた。死んだ男の子を横抱きにしたまま、アシュは聖殿の中庭に向かった。

　たくさんの巡礼者たちが敬虔《けいけん》に膝をつき、神リエラを称える大司教を拝んでいる。中庭の中央にはいくつも篝火《かがりび》が焚かれていた。

　クザルフを象った柱の前にいる大司教を目にした瞬間、腹の奥から激しい感情が迸った。大司教だけでなく、見覚えのある卑しい顔が並んでいる。

「あのかたは…？」

「なにをなさっているんだ？」

篝火が夜空に向かって爆ぜた。

祭壇に並ぶ司教たちに近づくアシュに、巡礼者たちがざわついた。

聖典を手に神リエラを称えていた大司教も、気配に気づいて顔をあげた。

「神リエラのご加護とはこのことでしょうか？」

驚愕の表情で固まった大司教の前に立ち、アシュはことさら静かな声で訊いた。

祭壇の上に死んだ男の子を寝かせると、巡礼者たちが息を呑んだ。参列していた王族たちも凍りついている。

「みな本当はご存じのはずです。司教たちは神リエラの名を利用している。信仰心を利用している。権力を握り、王族までも圧倒して、弱い者をこのように玩弄《がんろう》して愉しんで許される。そして誰も声をあげない」

「祭礼の日にこのようなことをして許されるとお思いか」

狼狽えていた大司教が大声で糾弾した。

「名を名乗りなさい！」

「わたしに名前はありません。銀髪、碧目。お忘れか？」

アシュは前髪をかきあげた。クザルフの形の傷が晒され、ややして大司教は顔色を変えた。

「髪と目の色で区別されておりましたゆえ、わたしはあなたに名乗る名はない。黒髪、黒目は一昨日、汚水と一緒に流したようだ。この子も明日にはお捨てになるつもりだったのでしょうか？」

巡礼者たちに動揺が走った。

王侯貴族も慄いている。

「捕らえろ！」

並んでいた司教のうちの一人が怒鳴った。

「早く、こやつを捕らえろ！」

警備兵がやっと呪縛から解けたように腰の剣を取った。

アシュは逃げるつもりなどなかった。殺されるならそれまでだ。今さら怖いものなどないし、特に思い残すこともない。

本当はサージが自分の番を見つけて完全に巣立っていくのを見届けたかった。が、空を駆けるようになったのなら、自分の役目はもう終わりだ。

むしろ自分がいないほうがサージには幸いかもしれない。性愛を教えてしまったせいでサージは自分に執着してしまっている。自分がいなくなれば、サージは本当に自由になれる。

「何をしている！」

剣をかざして近寄ってくる警備兵たちに顔色ひとつ変えず、凛として司祭たちを見据えているアシュに、警備兵たちはかえって腰が引けて動けなくなった。

「神リエラのご加護を」

巡礼者たちの間から、細い声がした。

「神リエラのご加護を」

「神リエラの祝福を」

祈りの声が、さざなみのように広がっていく。

「鎮まりなさい！」

大司教が声を張り上げた。癇性に震える声に一人の侯が立ち上がった。

「大司教殿、これはどういったことでしょうか」

たまりかねたように問い質した侯に、大司教はきつい目つきを返した。

「祭礼の夜に、神リエラに対して疑問を持たれるというのか！」

侯がぐっと言葉に詰まった。前国王が若くして亡くなり、まだ幼少の現国王が即位してから聖職者たちは実権を握り始めた。神リエラの名で統治してきたこともあり、王侯貴族ですら今は司教たちに圧倒されている。

「この国の聖職者たちはそうやって神への畏れを利用する者ばかりだ」

アシュの言葉に、侯がはっと目を見開いた。司教が「だまれ！」と怒鳴る。

「早く捕らえろ！　何をしている！」

大司教が立ち尽くしていた警備兵たちに向かって叫んだ。

一番屈強そうな警備兵が、剣をかざしてアシュに向かって来た。

「足を切り落とせ！」

「目をえぐれ！」

見覚えのある司教たちが恐慌を起こしたようにけたたましく叫ぶ。煽られたように他の警備兵たちもアシュを囲んだ。巡礼者たちが悲鳴を上げる。

「神に背いた者がどうなるか、わからせてやる！」

大司教が興奮した声を上げ、近くにいた警備兵の腰から剣を抜いた。

獣性を剥き出しにした大司教に、アシュは声を出して嗤った。

「なにを笑う！」

「大司教さまの哀れなお姿に」

嘲笑ったアシュに、剣がひらめいた。反射的に目をつぶろうとしたそのとき、アシュは大きな影が頭上を過ぎるのを感じた。司教がぎょっと空を振り仰いだ。

巨大な空気の圧が襲い掛かってくる。次にそれは風になった。ごおっという音がして、身体中に突風が叩きつけてくる。目を開けていられなくなり、アシュは床に倒れ込んだ。何かが壊れる音や悲鳴が切れ切れに聞こえる。

「あれはなんだ」

「誰か」

「助けを呼べ」

身体ごと持っていかれそうな強風の中、アシュは床に伏せて耐えていた。サージだ、と直感していた。

「サージ」

アシュを守ろうとしてサージが来ている。

なんとか顔を上げようとしたアシュの頬にびしっと飛沫《ひまつ》がかかった。生臭い匂いにぎょっと目を開くと、床に血が流れて来た。声にならない苦悶の気配におそるおそる顔を上げると、大司教が巡礼服を真っ赤に染めていた。

「たすけてくれ」

失血でまっしろになった唇が戦慄き、掠れた声がした。

司教は、肩から先がなくなっていた。

別の司教が、祭壇の前で手足を失って失神している。

まるで虫のように手足をもがれ、血の海で悶絶している司教たちに、巡礼者は我先にと逃げ出した。

「うわぁあ」

「あれはなんだ」

巨大ななにかが上空で身をくねらせている。雲の陰から鋭い鉤爪《かぎづめ》がぎらっと光る。

「ドライトンだ」

誰かの声がした。

「ドライトンが出た！　逃げろ！」

我先に巡礼者たちが聖殿の出入り口に殺到した。透明な巨体がぐるぐると渦巻いている。

弱まっていた風がまたごおっと不穏な音を立てた。

「サージ！」

雲の切れ間から聖獣が姿を現した。巨大な身体には鱗が輝き、鉤爪が濡れたように艶めいている。

聖獣は前脚にちぎれた人の手を掴んでいた。アシュに剣を向けた大司教の手だ。まだ剣を握ったままの手を、聖獣は見せしめのように離さなかった。

聖獣が旋回して下りてきた。大司教の前に腕が放り投げられ、大司教は恐怖の絶叫をした。

ぼっとなにかが爆ぜる音がした。近くで火の手があがっている。アシュは慌てて起き上がった。張り巡らされた幕から垂れ下がっていた祭礼飾りが、導火線のように焼け焦げながら回廊のほうまで火を運んでいく。聖獣はまた上空に姿を消した。

「逃げろ！」

「早く、早く！」

手足をむしられ苦悶している司教たちを置き去りにして、人々は散り散りに逃げて行った。

「どなたか…っ」

皆が逃げるのを確かめ、最後に門のほうに向かおうとしていたアシュは、引き攣《つ》れた女の声に振り返った。

巡礼装束の女性が、割れて倒れた祭壇にはさまれて動けなくなっていた。真っ青で今にも気絶しそうになっている。

慌てて女性のところに駆け寄り、アシュは壊れた祭壇を押し上げた。風に煽られて火柱が立った。熱風が髪を焦がす。

「早く…っ」

ずしりと重い祭壇を渾身《こんしん》の力で持ち上げると、女性は必死で隙間から這い出した。

「ありがとうございます」

「怪我は？」

「せ、背中を少し打っただけです」

あっという間に火が燃え広がって、女性は怯えた顔であたりを見回した。

「わたしの背に掴まって」

煙を吸い込まないように装束を破って口元を覆い、アシュはかがんで背に上らせた。

「目をつぶっていてください」

女性を背に担ぐと、アシュは全力で外門を目指した。

サンダルの足元にも火の粉が舞い落ちる。

黒煙が立ち上り、息ができない。

「もうちょっと……」

サンダルの紐が切れた。

頭上で風がごうごうと鳴っている。サージが探しに来てくれている。巨体が近づくと風が起こり、火が上がるので近づけないでいる。

「ああっ」

近くの柱が崩れ落ちた。背中で女性が声を上げた。

外門にも火が回り始めている。門柱と門柱の間に、人ひとりぶんの隙間がある。アシュは女性を下ろした。サンダルが脱げ、両足とも痺れるように痛い。

「わたしはもう走れない。死ぬ気であの門を潜り抜けてください。今なら間に合う」

「そんな…わ、わたしを助けてあなたさまが…」

炎の向こうから誰かが「かあさん」と泣き声を上げていた。

「早く！」

アシュは女性の背を思い切り押した。

「走って！」

熱風で女性の背が揺らめいた。アシュは地面に膝をついた。火煙が迫り、息ができない。女性の姿が消え、その直後、門が燃え落ちた。アシュは咳き込みながら小さく身体を丸めた。腕になにか触れた。クザルフだ。

「サージ」

上空で、サージが探してくれているのがわかる。きっと見つけてくれる。アシュはクザルフを胸に抱き込むようにして握った。

どん、となにかが弾ける音がした。振動が伝わる。火が回るのが早い。

「サージ…」

間に合わないかもしれない。

突然恐怖が身体中を締めつけた。全身から冷や汗が噴き出す。心臓がばくばく早鐘を打つ。

叫び出したいほどの恐慌に襲われ、アシュはクザルフにつけていた指輪を探した。ちゃんとついている。

おまえが自分の番を見つけ、幸せに暮らすところを見たかった。でももう、無理そうだ。

熱い。ただ熱い。

ああ、もうだめだな。

恐怖が去ると、静かな諦念が胸を満たした。小さな爆発音がそこここから聞こえる。

髪に火がついた。

うぉっ、という獣じみた声が勝手に迸った。

熱い。痛い。自分の悲鳴が轟音に消える。目を閉じても真っ赤だ。

ごうっと音がして、激しい衝撃に身体が反り返った。

髪が燃え上がる。耳に首に顔に激痛が走る。冷たいのか熱いのか、意識が混濁してきてもうわからない。

サージ……。

最後に一目会いたかったが、死を覚悟したときに思い浮かべる相手がいるだけで充分だ。

「サージ」

——俺は、とてもとてもアシュを愛してるんだ……。

「おれもだよ」

おまえが自分の番を見つけて幸せになるのを見届けたかった。それだけが心残りだ。

遠のく意識の最後に、上空から爆音が響き、風圧で身体が浮き上がるのを感じた。

そこでアシュは暗がりに沈んだ。

11

懐かしい匂いが鼻孔をくすぐった。

爽やかな薬草の香りと、木の根を絞った甘い油の香り。薬草を売り歩いていたころは、この匂いが髪にも手にも染みついていた。

あしゅ。

懐かしい声もする。

あーぁしゅ、あしゅ。

小さくてやわい手、あどけない瞳、風にふわふわと揺れる銀の巻き毛。

「……ぁーじ…」

誰かが左手を握ってアシュの名を呼んでいる。サージだろうか。

サージ、と呼んだつもりだったのに、声が変だ。

「じ、さ……じ」

喉が痛い。顔をしかめたら、今度は頬や額が引き攣れた。痛い。

「アシュ」

今度ははっきりとサージの声がした。

「カーリン、アシュが目を覚ましたぞ」

「おお」

目が開かない。開けようとするとまた皮膚がびりびりと嫌な感じに引き攣れた。顔が、布で巻かれている。足は動く。手も動きそうだ。サージの握っている左手は無事のようだ。

でも右は指がうまく動かない。

「……?」

ここはどこだ、と記憶を辿る。

「アシュ」

耳は聞こえる。

「わかるか」

意識がはっきりしてくるにつれ、痛みもくっきりしてきた。首も背中も脇も痛い。目はやっと片方だけ開いた。右はだめだ。頭から首、胸のあたりまで布でぐるぐる巻きにされ、目と鼻、口のところだけ隙間がある。

「アシュ」

覗き込んでくる男の顔が、狭い視界の中に入ってきた。サージだ。

「…ージ…」

「ああ、そうだ。俺だ」

サージはいつもと変わらない屈託のなさだった。

「目が覚めたか」

あばたの浮いたカーリンは、頬がこけている。

「こ、こ、…は…」

布で巻かれていることもあるが、喉の粘膜が引き攣れてうまくしゃべれない。

「ドゥーナルケだ。おまえがサージを拾って育てた小屋だ」

そう聞いて腑に落ちた。どこか懐かしい匂いがすると思った。藁の匂い、小屋の湿った土壁の匂い、粗末なあの小屋だ。どこでどう調達したのか、明かりが灯され、アシュは藁の詰まった寝台に寝かされていた。

「酷い目にあったな」

カーリンが痛ましそうにアシュを見つめた。

「インゲルオ草を使ったから痛みはだいぶ抑えられているはずだ」

強い麻酔作用のせいか、目を覚ましたはずなのに、もう頭がぼうっとしている。

「おまえはひどい火傷をして、三日も意識がなかったのだ。祭礼の夜、聖獣が現れて聖殿は焼け落ち、司祭たちはみな死んだ。王都は今大騒ぎだ。幸い聖殿が焼けただけで、死んだのも司祭たちだけだがな」

記憶が徐々に戻る。どうやら自分は助かったらしい。

「それにしてもサージは凄まじいな。司祭は全員、手足をもがれて焼死していた」

カーリンが顔をしかめたが、サージのほうは平然としている。

「王都では、おまえは本物の聖者さまだと噂されているぞ。額にクザルフの痕があったのがその証拠、不正を質しに神リエラに遣わされたのだとな」

おかしそうに笑ったが、カーリンの息は震えていた。

「おまえの無鉄砲さは昔と同じだな。だがそのおかげで王族が秩序を取り戻そうと動き出した。たいした働きだ」

「アシュ、口を開けて」

サージが濡らした布を口に当ててきた。口に水が滴り、舌を湿らせた。かすかな甘みと酸味に、こうして栄養を与え続けてくれていたのだな、とわかった。

「さあ、俺はそろそろ帰らねば」

しばらくサージとなにか話していたカーリンが腰を上げた。

「王都はいま大騒動で、向こうを留守にするわけにはいかんのだ。まあサージの背に乗ればあっという間だ。またすぐに来るからな」

カーリンが力づけるようにアシュの手に触れた。

「それにしても、俺が聖獣の背に乗ることがあるとはな。いまだに信じられん」

サージが成体になったことを、カーリンは承知しているようだった。

二人が小屋を出て行き、ややしてざあっと激しく木々が枝葉を揺らす音がした。夜の鳥がぎゃあぎゃあ鳴いたが、それも徐々に静かになった。アシュは浅い息を繰り返した。じんじんと顔も胸も痺れている。相当酷い火傷を負ってしまったようだ。

髪に火がついた記憶があるから、顔も恐ろしく焼け爛れてしまっているのだろう。アシュは自由に動く左手で、布で覆われた顔に触れた。かなり分厚い布だ。頭から顔、胸のあたりまで手で辿ると、厚い布でぐるぐると巻かれている。髪など一本残らず燃えてしまったただろう。

一緒の寝床で睦言を囁くとき、サージはいつもアシュの髪を指で梳き、飽きずに美しい、と口づけていた。

アシュにとって、自分の容姿は禍の種だった。美しいと囁かれて喜びを感じたのは、あれが初めてだ。性交も、口づけも、サージと交わして初めて湧き上がるような幸福を感じた……。

喪ってしまったものを思い、ほんの少し感傷に浸ったが、全部自分が招いたことだ。

「アシュ」

いつの間にかまた眠っていた。

サージはアシュの枕元にひざまずき、顔を覗き込んできた。

「アシュ…よかった。また眠り続けるのかと思った。目を覚ましてくれたんだな」

布に覆われているとはいえ、爛れた皮膚が覗いているだろうに、サージは心底愛おしそうにアシュを見つめた。

「サー…ジ」

名前を呼ぶと、サージが瞳を輝かせた。うまく声が出ないが、根気よく息継ぎをするとだんだん発声できるようになった。右目は塞がっているが、左目はさっきよりよく見えるようになった。

「サージ、す、まない」

「なにを謝る?」

「心配を、かけた。危ない、目にも…遭わせて、…」

サージは不死身だが、傷つけば血も出るし、痛みもある。

「俺が空を駆けている間に一人で王都に行ったのは腹が立った。でももう怒っていない。ちゃんと目を覚ましてくれたからな」

無邪気な口ぶりで言い、サージはアシュの目の前になにかをかざして見せた。クザルフだ。

「アシュがしっかり握ってたから無事だった」

失くしてしまったのかと気がかりだったので、クザルフにちゃんと指輪もついているのを見てほっとした。サージがそっと首にかけてくれた。

「痛みは？　ひどいか？」

アシュが首を振ると、サージはよかった、と口元をほころばせた。

「これもあとでちゃんと巻き直してやる。カーリンから教えてもらって、ぜんぶ覚えた」

サージはアシュの苦痛だけが気がかりのようで、耳の下に垂れ下がっていた布をそうっと指先でつまんで直した。

「ひどい顔に、なった、だろう」

「でもカーリンの痛み止めはよく効くんだろう？」

「…髪…」

「ん？」

「髪も、焼けて、なくなった…おまえ、が好きだった、のに…」

サージが切らないでくれと言ったから、アシュはずっと髪をそのままにしていた。いつの間にか、自分も大事にするようになっていた。サージのために丁寧に梳かし、指触りがよくなるようにとこっそりいい匂いの香油を塗ったりもしていた。

「燃えてしまったんだからしょうがない。それに、アシュがどんなふうになってもアシュはアシュだ。アシュだって俺が獣や聖獣に変わっても同じだと思うだろ？」

慰めで心にもないことを言う器用さなど、もともとない。サージはあっさりと片づけ、アシュの左手を握った。

「俺の背に掴まれるようになったら、もう一度一緒に夜空を駆けよう。またアシュと一緒に空を駆けたい」

「おれは、行けない」

「なぜ？　ちゃんとつかまってれば怖くない。カーリンだってすぐ慣れた。それにアシュをここまで運んできたのは俺だぞ」

サージの口調は明るかった。

「初めて一緒に駆けたとき、アシュは笑ってた。声を出して笑ってた。あんなに楽しそうなアシュは初めてだった。だから…」

だからもう一度……。

喉に熱いものがこみ上げてきて、アシュは小さく震えた。

もう一度、はない。右腕は動かないし、話をするのも苦労するほど息が続かない。

カーリンが涙声になっていた理由が、今になってわかった。一命はとりとめたようだが、結局はもうすぐ死ぬ。

「眠いのか？」

目を閉じると、サージが小さな声で訊いた。痛み止めのおかげで辛くはないが、代わりに意識が朦朧としてくる。カーリンは「インゲルオ草を使った」と言っていた。

インゲルオは気絶するほどの強い痛みを抑えてくれる代わりに、思考をどんどん曖昧にする。助かる見込みのない者に、せめて苦痛を和らげてやるときに使うものだ。

「すこし…眠い」

サージがかがみこんで布を巻いたアシュの頬に口づけをした。

「じゃあ、寝よう」

言いながら、サージは獣の姿に変わった。みるみる目が吊り上がり、口が裂けていく。手足が縮んで、代わりにふっさりとした銀の尻尾が現れた。サージは寝台にもぐりこんでアシュを包み込んだ。

一番柔らかな喉元にアシュの頭を載せ、ふさふさした尻尾でアシュの足を撫でる。まるでなにごともなくカーリンの宿屋で寄り添っているような錯覚を覚えた。

産まれて初めて「ずっと続いてほしい」と願っていた日々を、アシュは自分で壊してしまった。

まったく後悔していない、と言えば嘘になる。が、何度やり直しをしても、自分は同じことをするだろう。

助けられたのは一人だけだが、立ち向かうべきものに立ち向かった。しなくてはならないことを精一杯した。その思いがアシュの心を穏やかにした。

焼け爛れた顔や胸に布を巻きつけ、獣に抱かれて眠る姿は、人が見ればきっと恐れ戦くような奇怪さだろう。だがアシュの心は生まれてこのかたないほど平穏だった。

額のクザルフの形をした傷痕は、焼けてなくなった。

あれは怒りの象徴だった。

虐げられ、踏みつけにされ、嘲笑われてきたアシュの自尊心を守ってくれた怒りは、もう必要ない。

「…サージ…」

あとどのくらい生きられるのかはわからないが、少なくともサージに別れを告げる猶予はもらえた。これ以上、なにを望むことがあるだろう。

額のクザルフを犠牲にしたゆえの、神リエラからの贈りものかもしれない……。

神などいないと思って生きてきたが、今は素直に感謝することができた。

大きな尻尾がアシュの足をゆるりと撫でる。

サージの柔らかな毛並みに顔を埋めて、アシュはゆっくり目を閉じた。

「アシュ、調子はどうだ？」

カーリンの声に、アシュははっと目を開けた。

今がいつで、ここがどこなのかわからない。不安になって目だけであたりを見回した。

「…かー…」

「ああ、無理して話さなくていい」

アシュは小屋の前の寝椅子に横たわっていた。夕暮れの風が気持ちいい。サージはどこだろう、とアシュは目で探した。すぐ近くで煮沸《しゃふつ》した布を干している。

「最近はいつもこんな調子か？」

カーリンがアシュにではなく、サージに尋ねた。

「眠いんだよ」

「インゲルオ草を使いすぎてるかな」

「半分をソフラナに切り替えてみてはいかがでしょうか」

カーリンの横に女がいる。誰だったか…、このところすぐ朦朧としてしまう頭で考えてみた。

「アシュさま、おみ足を洗いましょうか。さっぱりいたしますよ」

足元に膝をついて、女が笑いかけてきた。おみ足、という言葉になにかを思い出しかけた。

「サラ、乾燥ソフラナはあったかな」

「わたくしが持参しております」

サラ。サラ。アシュはみじろぎをした。少し前にカーリンが里で雇ってきた薬師だ、とふいに思い出した。

祭礼の夜から十日ほどが過ぎた。王都の混乱は落ち着きつつあるようだが、毎日は来てやれないから、とカーリン自らが近くの村に出向いて薬師を探してきた。

サラと名乗った薬師は、アシュの足の赤い痕に気づき、「失礼ながら、四年ほど前に食堂でお会いした巡礼の聖者さまではございませんか？」と興奮したように確かめていた。

その時は、そういえばあのときの娘は生まれ故郷がドゥーナルケだと話していたな、とアシュも驚いた、が、いつの間にかそれも忘れていた。いろいろなことを覚えておくことがアシュにはだんだん難しくなっていた。

「サ、ラ」

足を冷たい水で洗ってもらっているうちに、久しぶりに頭がすっと冴えた。

「あ、りがとう」

お礼を言うと、サラは顔を上げ、にっこりした。

「今日はお声がよく聞こえます」

たった四年で、サラはすっかり落ち着いた物腰の大人になっていた。

宿屋の中庭で足を洗ってくれたときはまだ幼さの残る少女だった。父が新しい働き口を見つけてくれた、と喜んでいたが、アシュはこんな年端も行かない娘を住み込みで働きに出す親の「新しい働き口」か、と勝手に卑俗な勤め先を想像した。

しかしサラの親はちゃんと娘の将来を考えることのできる人間だったようだ。

「父が、おまえは学ぶことが好きだからと薬草院にお世話になれるようかけあってくれ、そこでさまざまなことを学んで、この春から生まれ故郷に戻っておりました。まだとても一人前とは言えませんが、お役にたてるように努めます」

カーリンに連れられて初めてやって来たとき、サラはそんなふうに言っていた。

サラはカーリンを「先生」と呼んで慕っている。カーリンのほうでもサラを見どころがあると引き立てているようだ。

「ではまた来る」

あたりが暗くなると、カーリンはサージの背に乗って帰る。

「お気をつけて」

サラはサージのことも承知していた。カーリンがサージのことを伏せたままサラの協力を得るのは難しい、と判断して打ち明けたようだ。そしてカーリンの判断は間違ってはいなかった。

「わたくしは幼いころ曾祖母が語ってくれた聖獣が夜を駆けるお話が大好きでした。害獣と誇られますが、ドライトンが人を襲うようになったのは人間が鱗を得ようと捕らえたのが始まりです。ですから数年前、ドライトンの幼獣が山に出た、と山狩りの話を聞いたときはなんとか生き延びていてほしいと祈っておりました」

この娘はサージを慕っているのだろうか、とアシュはときどき考えた。

サージは子どもを欲しがっていた。

性交するたび精を注ぎ、子どもを産んでほしいと言っていた……。

自分の髪に口づけ、アシュは美しい、と囁いていたサージを思い出したが、まるで前世の出来事のように現実感がなかった。

そしてそんなこともまたすぐ忘れてしまう。

「痛いですか」

薬効が切れると疼痛が襲ってくる。サラが急いで薬草を燃やして煙をかがせてくれた。

痛みがおさまると、同時に思考力も落ちていく。

「…さーじ…？」

すこしぼんやりしていて、アシュはきょろきょろあたりを見回した。頭が働かないときにサージがいないと不安になってしまう。

「サージさまはすぐお戻りになりますよ」

この女の人は誰だろう？ さっきまでわかっていたのに。

「わたくしはサラですよ。アシュさま、あなたが昔優しくしてくださった」

サラ。サラ。誰だった？ 布でぐるぐる巻きになった自分を、女の人は安心させるように微笑んだ。

「アシュさまに頂いた硬貨は、お守りにして今も大切にしております。見も知らぬ娘を気にかけてくださるかたもいるのだとわかって、ずいぶん勇気をいただきました。ですからわたくしもアシュさまのお力になりたいのです」

やっと思い出した。ぐらぐらしていた思考が記憶につかまり、アシュは小さく息をした。このひとはサラだ。昔のほんの小さな親切をいつまでも覚えていて感謝してくれる、義理堅いかただ。

「アシュ」

ざっと小屋の外で木々が揺れ、サージが帰って来た。アシュはほっと安堵の息をついた。

「お帰りなさいませ」

サラがサージに近寄った。小声で二人で話している。なんだか、嫌な気持ちになった。人柄に尊敬の気持ちを抱いているのに、そのサラに嫉妬してしまう。

「いろいろありがとう」

「では、わたくしはこれで。また明日、お昼にはまいります」

麓まではー本道だ。サラは明かりを手に帰って行った。

「さーじ…」

「ん？　もう眠いのか？」

こまごまとした用事を済ませると、サージはするっと獣の姿になってアシュをくるんでくれた。山の夜は夏でも涼しく、サージの柔らかな毛並みに埋もれると安心した。

何か考えていたはずなのに、もうわからなくなった。アシュはサージの首のところに頭を載せた。耳を撫で、口に指を入れると、サージの鋭い歯がアシュの左手の指をやわやわと噛んだ。

身体のあちこちに常に鈍痛があるので、噛まれる痛みが埋もれてしまう。

「もっと」

物足りなくて、催促した。爪と皮膚の間のところに歯が食い込んだ。痛みが快感を呼び起こす。

「……っ」

ぞくぞくっと背筋が震えた。こんなに醜く縮んでしまったのに、サージは黒く焼け爛れた唇に口づけをしてくれた。長い舌が口の中に入ってくる。

「あ、……」

ひとしきりサージに舐められ、甘噛みされて、アシュはもう一度サージと性交することを夢想した。絶対にないことだからこそ、願うことができた。

汗ばんだ肌を密着させ、吐息ごと呑み込むような口づけを交わし、熱をぶつけ合うように交わった。

サージ……。


眠っている時間が起きている時間をどんどん浸食していき、それにつれて頭がはっきりしている時間も少なくなってきた。

火傷の損傷は激しく、布を取り換えるときに皮膚が剥がれることも多い。サージに取り換えてもらうたびに痛くてぽろぽろ涙がこぼれた。

「アシュ、痛いか？　頑張ったら、あとで散歩に行こうな」

サージは根気強く傷の手当てをして、アシュをやさしく励ましてくれた。

このところ、サージに背負ってもらったり横抱きにされたりして散歩をするのがアシュの楽しみだった。それでもいつの間にか眠ってしまっていることも多い。

サージは以前とまったく変わらず、アシュ、アシュ、と無邪気に話しかけ、飽きずに左手に口づけた。

小屋の外に薬草を植え、小屋の屋根を直し、毎日快活に働くサージに、カーリンは「元気だな」と妙に気の抜けた声でつぶやいていた。

アシュがほとんど何も食べられないことも、徐々に声が出なくなっていることも、サージは気にしていない。アシュが無意識に首にかかっているクザルフを触っていると、指輪に触れさせ、アシュを安心させた。

「衰弱しておられる、という認識がないのでしょうか」

「ドライトンの寿命は、人間とは桁外れに長いようだからな。サージには理解できないのかもしれない」

サラとカーリンが痛ましそうに小声で話し合っていたのが耳に入った。

「アシュはなんだか可愛くなったな」

サージに抱かれて眠くなり、うとうとしていると、カーリンにそんなことを言われた。

「まるで小さい子どものようだ」

本当にそうだ。もう自分ひとりでは起き上がることすらままならない。

「アシュは生まれてこのかた人に甘えたことなどなかっただろうから、今ごろになって帳尻合わせをしてるのかもしれんな」

カーリンがアシュの手をそっと触った。

なぜこの人は泣いているのだろう。じっと見つめていると、カーリンは目を真っ赤にしてアシュに笑いかけた。

「おまえは美しいだけでなく、賢く、強く、そして愛情深かった。関係のない他人のことなど放っておけばいいものを、……、こんなことになってしまって……」

アシュの手に温かいものが落ちた。

「おまえをいいように利用したことのある俺が、今さらこんなことを言っても偽善だがな」

話しかけられても、今では常に頭にもやがかかっていて、少しでも込み入った内容になると理解できなくなっていた。でも優しい気持ちが伝わって、アシュはカーリンの手を握り返した。サージがアシュを抱き直した。

「アシュには俺がいる。何も心配しなくていい」

サージのことはどんなに頭がぼんやりしてしまってもわかる。アシュは安心して身を預けた。

その日、アシュはいつものようにサージに抱きかかえられ、山の奥まで散歩に出た。

「アシュ、見えるか？　夏草が群生してる」

「ほらアシュ、綺麗な羽の鳥がいる」

「あの赤い実はなんだろうな、アシュ」

楽しそうに話しかけながら、サージは片手で蔦を払い、藪を踏み越え、最後に崖を飛び下りた。

サージに横抱きにされてうとうとしていたアシュは、急に空気がひんやりしてびっくりした。鬱蒼《うっそう》と生い茂った雑木林の向こうから水音がする。

「アシュが俺を拾ったのは、このへんなんだろう？」

サージに言われて、アシュは首をのばしてあたりを眺めた。

「いいところだ」

サージが深く息を吸い込んだ。それがあまりに気持ちよさそうだったので、アシュも同じようにしてみた。

「俺の真似してるのか？」

サージが愛おしくてならない、というように笑った。

「昔は俺がアシュの真似ばかりしていたのにな」

そうだったのかな、とアシュは一生懸命思い出そうとした。このごろは本当に思い出せない。ただサージに抱きかかえられていると心底安心できて、すぐになにもかもどうでもよくなった。

沢が近いのか、水音がしてきた。それがなぜだか懐かしく、アシュは耳を澄ませた。サージもふと足を止めた。

鬱蒼とした雑木林に夕日が差してきた。蔦についた赤い実や、生命力にあふれた下草が眩しい。

――美しい。

ふっと頭の中のもやが晴れ、久しぶりに明晰《めいせき》な思考が戻ってきた。

目に映る光景に、アシュは新鮮な感動を覚えた。

今まで、木々や空を美しいと思って見たことなどなかった。

梢が揺れて小さな鳥が飛び立った。

細い雲が流れ、黄金色にたなびいている。清冽《せいれつ》な景色に胸を打たれ、アシュはひたすら木々や空、光や風に感じ入った。

夏の終わりの夕暮れは、こんなにも美しいのか……。

もっと見たかった。

もっとたくさん美しいものを見たかった。

「アシュ？」

視界がぼやけ、涙が顔を覆う布を濡らした。

もっとサージと生きたかった。

「サー、ジ」

「うん？」

声を出すのも一苦労で、このところはほとんど話すこともなくなっていた。頭がはっきりしているうちに、とアシュは懸命に声を出した。

「おれ、は埋葬、…、ここ、がいい」

「埋葬？」

サージが首をかしげた。サージには死の概念がないようだった。数百年単位で生きるものがどんな死生観を持つものなのか、アシュのほうでもわからない。当然、埋葬の意味もわからないだろうが、説明するだけの余力がなかった。

死の直前、混濁していた意識がふと戻ることがあるのをアシュは知っていた。

今の清明な意識はきっとそれだ。自分の命はもう尽きようとしている。サージと言葉を交わすのも、たぶんこれが最後だ。

「カーリン、に、言えば、わかる」

「わかった」

サージが屈託なく請け合った。

ここで眠るのだと思うと、アシュはひどく安心した。沢の水音や木々のざわめきを友にして過ごし、そしてきっとサージがときおり姿を見せてくれる。

「アシュ、もう死ぬのか？」

大木の下に腰を下ろしながら、サージがごく普通に訊いた。

あまりに普通で、アシュは戸惑った。

「死ぬんだろう？」

見上げると、サージは口元に微笑みさえ浮かべていた。

「それで、ここに埋葬してほしいんだな？　心配しなくてもちゃんと俺がここに埋めてやる。俺もすぐ死ぬけど、俺は別に埋めてもらわなくてもいいから、カーリンには頼まなくてもいいだろう。いろいろ世話になったから、最後くらい俺たちだけで死のう」

サージの言っていることがよくわからなかった。埋葬、の意味はわかっているようだ。

アシュがもうすぐ死ぬのだということもわかっている。

——俺は別に埋めてもらわなくてもいいから……。

また理解力が落ちているのか、とアシュは一生懸命サージの顔を見つめた。

「…サー、ジ」

「うん？」

ちゃんと言葉が通じなかったのかもしれない。

「まい、埋葬、おれが、…死んだらカーリンに…」

「アシュは俺が埋めるから、カーリンに頼まなくてもいいよ。そのあと俺もすぐに死ぬのを、言っておいたほうがいいのか？」

アシュは混乱したままサージが言ったことを頭の中で反芻した。

俺もすぐに死ぬ……？

「さーじ、は……」

「聖獣は、番が死ねば一緒に死ぬんだ」

サージがこともなげに言った。息が止まりそうになった。

「アシュは俺の番だ。番が死ねば俺も死ぬ。当たり前だ」

焦って、また混乱した。もともと言葉は出にくくなっている。舌がもつれ、息が苦しい。

けた。

「おれ、は、おまえ、の、つ、がい、じゃ、ない」

必死で息をして、必死で訴えたが、サージは返事の代わりにアシュの左手を取り、口づけた。

――ドライトンは一夫一婦で、生涯番の絆を守るらしい。一体死骸が見つかれば、かならず番がもう一体近くで見つかると何度も記述されている……。

「アシュは俺の番だ。だからアシュが死んだら俺もすぐ死ぬ」

恐慌で全身が震えた。

アシュが衰弱していくのも、頭がうまく動かなくなるのも、サージはごく自然に受け止めて、嘆くことも悲しむこともしなかった。

死の概念がないからだと思っていた。数百年単位で寿命を数える生き物では死生観が違うのだろうとも思っていた。

一緒に死ぬから別にいい。

サージにとってはただそれだけのことだった。

「いや、いや、だ、サージ」

「なぜ」

「おまえ、は、自分の、つがい、と、しあわせに……なっ、て……」

ぽろぽろ涙がこぼれた。視界が滲んで、よく見えない。

「おれは、それ、それだけが、……」

喉が詰まって、声が出なくなった。

「俺の番はアシュだろう」

サージはごく普通に言って、アシュの手に触れた。

「もうそうなっているんだ」

呆然としているアシュに、サージはなんの気負いもなく告げた。

もうそうなっている……。

「それに、アシュは本当に俺がアシュ以外の誰かと幸せになれると思っているのか？　なってほしいのか？」

唐突に、サラと親しげに言葉を交わしていたサージの後姿が目に浮かんだ。

あのとき、生まれて初めて「嫉妬」という感情を知った。

「俺には代わりなんかいない。アシュしかいない。アシュだってずっと言ってただろ。おまえはおれの唯一だって」

アシュは目を閉じた。

独り立ちして幸せになってほしいと願っていたのに、――その気持ちは今でも嘘ではないのに、自分こそがサージの幸福なのだとわかってしまった。

あまりに深く交わって、もう離れ離れには絶対なれない。

それを後悔することもできない。

サージはアシュを抱きかかえたまま、大木にもたれた。

「もうすぐ陽が落ちるから、一緒に駆けよう」

黄金色の太陽が雑木林の向こうに落ちていく。サージが囁くように言った。

「きっと、これが最後だ」

木々の隙間から差し込む光が徐々に昏くなっていた。

サージがアシュの首のクザルフから指輪を外した。アシュはほとんど無意識に手を差し出していた。

「アシュ…」

すっかりやせ細った指に、サージは金の環を嵌めてくれた。

「やっと指にしてくれたな」

サージが嬉しそうに言って口づけた。ほんの少し緩かったが、金の環はアシュの指に驚くほど馴染んだ。

「行こう」

糸を引く蜂蜜のように最後まで残っていた細い光が途切れた。群青の残る空に雑木林がシルエットになっている。サージはアシュを横抱きにしたまま立ち上がった。

「――」

サージが軽く飛び上がった、と思ったときにはもうアシュは宙に浮いていた。びゅう、と激しい風が耳元で鳴る。

反射的に目をつぶり、目を開けると巨大な聖獣の背に乗せられていた。鱗と鱗の間に手足が挟まって固定されている。

ぱしぱしと小枝を弾きながら聖獣は雑木林を抜け、上空に舞い上がった。

自分のどこにこんな力が残っていたのかと驚いたが、アシュは左手で鱗を掴み、身体を持ち上げて安定させた。

空を上昇するにつれて、以前一度だけ飛翔したときの感覚を身体が思い出していた。

雑木林が足元に消え、山々が黒い塊になり、雲を突き抜けてしまうと、聖獣は速度を落とした。初めてこうして空を駆けたときは、レモンの形の月が出ていた。今日は満月だ。

アシュは深く息を吸い込んだ。鱗を掴んだ左手がぶるぶる震えている。

もうあのときのように両手で鱗を掴み、しっかりと足で聖獣にまたがって風を切ることはできない。爛れた皮膚は痺れ、胸や喉の疼痛も酷くなっている。

それでも悠然と身をくねらせる聖獣に乗って夜を駆けると、息が苦しいのも、引き攣れた皮膚が痛いのも、全部忘れた。

透明の巨体に鱗が煌めき、聖獣は夜空に星を撒き散らすようだった。

人里から離れ、人間に見つかる恐れが少なくなると、サージは低空飛行をした。

山をいくつか越え、大きく蛇行する川を渡り、草原では地面すれすれまで下降した。夜にだけ咲く白い花が池の周りに群生して月の明かりに照らされている。

神秘的で美しい光景に、アシュは息を呑んだ。満月が池に映り、水生植物が水面に浮かんでいる。

突然現れた聖獣の姿に、狩りをしていた夜行動物が驚いて逃げていく。なだらかな丘《きゅう》陵《りょう》にさしかかり、またサージは空に向かって上昇した。顔から胸をぐるぐる巻いていた布がほどけた。爛れた皮膚に風が当たると痛い。でもそれ以上にアシュは高揚していた。

高い樹木の真上を知らない生き物が列をなして滑空していくのが見える。目を凝らしていると、一匹がきゅっ、と鳴いて真横を通った。さらに上昇していくと、満月が視界いっぱいに広がった。眩しい。アシュはいつの間にか大声で笑っていた。

窮屈な布はほどけてどこかに行ってしまった。薄物一枚で聖獣の背に乗って飛翔している。自由で、楽しくて、大声で笑った。サージの歓喜も伝わってくる。

二人でいつまでもいつまでも満月の夜空を駆けた。

鱗を掴んでいた左手に力が入らなくなり、何度か聖獣の背から滑り落ちた。そのたびサージは身をくねらせて器用にアシュを受け止めた。最後はまたがって乗るのは諦め、アシュはまた身を伏せて鱗の間に手足を挟んでしがみついた。

息が切れ、全身が痛い。

それでもアシュは微笑んでいた。上半身を覆っていた布はぜんぶほどけてどこかに飛んでしまい、焼け爛れた肌が露出している。擦れたところから出血して聖獣の美しい鱗を汚してしまった。でももう気にしなかった。サージとは一体だ。

やがて飛翔が緩やかになり、サージが大きく迂回を始めた。

ドゥーナルケの山に帰るんだな、とアシュはサージの背に身体を預けて目を閉じた。聖獣の卵を掘り返したあの山に、今度は一緒に眠るのだと思うと、やっと気持ちが穏やかに鎮まった。

東の空はうっすらと明るくなっているが、少しずつ雲が出ていた。地上に近づくほどに聖獣の身体が透き通る。アシュは力の入らない左手で鱗を撫でた。薬指にはちゃんと金の環が嵌っている。

楽しかった飛翔の余韻に浸っていると、頬に冷たいものが流れた。雨かと思って顔を上げたが、頬を伝っていたのは涙だった。泣いているつもりはなかったので驚いたが、次から次に涙が溢れる。

これ以上ないくらい幸せでも涙が出るのだと、アシュは初めて知った。

「あ」

腕にぴっと何かが弾けた。今度こそ、雨だ。

薄い雨雲が追いかけて来ていた。小さな雨粒が鱗にも落ちて弾けていく。虹色に輝いては消し飛ぶのが面白くて、手を伸ばした。

雨は優しく、心地よかった。

「アシュ」

ふっと身体が持ち上がり、気づくとアシュはサージに抱きかかえられてドゥーナルケの山にいた。柔らかな霧のような雨に包まれている。

「サー、ジ」

驚いて、アシュは目を見開いた。

サージが泣いていた。目を真っ赤にして、サージはアシュを抱きしめた。

「笑ってたな。アシュ。アシュが声を出して笑ってた」

溢れる涙が、降ってくる雨と混じり合い、サージの青い瞳を濡らしている。

サージが泣くのを、初めて見た。

「アシュ……」

ぽたぽた落ちる涙が、アシュの頬に落ちた。

この世には、美しいものがたくさんある。

もっともっと見たかった。

でも一番美しいものはもう見たから、いつ死んでも悔いはない。

青く潤んだサージの瞳を見つめて、アシュはサージの頬に触れた。こみあげてくるものに、アシュも目の奥が熱くなった。

「アシュ…」

顔も身体も醜く縮んでしまったけれど、きっとサージも自分の涙を美しい、と思ってくれている。

雑木林の隙間から、白い朝の光が差し込んでくる。サージはアシュを抱いたまま、大木の根元に座った。むっとする土の匂いと、柔らかく周囲をつつむ霧雨に、初めてここで土を掘り返したときのことを思い出した。

あのとき、淡い光が漏れ出したのは、もしかするとサージが自分を呼んでいたのかもしれない。それならこうやって二人で死ぬのも必然だ。

霧雨は音もなく降り続けた。

いつの間にかうとうとしていて、目を開けると、雨は止んでいた。苔《こけ》むした岩の横に小さな虹が出ている。

眠っている間にずいぶん陽が高くなっていた。雨に濡れた木々が陽光に輝いている。

――まだ生きていた。

アシュは不思議な感慨に打たれ、瞬きをした。サージは大木にもたれ、アシュを抱えるようにして穏やかな寝息をたてている。大木の枝葉のおかげでほとんど濡れずに済んでいた。

サージの体温を心地よく感じながら、アシュは左手の指に嵌った金の環を目の高さに持ち上げた。

そのとき、自分の視界がずいぶん広くなっていることに気がついた。塞がってしまっていた右目が開いている。

「……アシュ?」

驚いて身じろぐと、サージが目を覚ました。

「どうした?　またどこか痛むのか?」

寝起きの掠れた声で訊きながらサージが顔を覗き込んできた。今アシュが身に着けているのは腰布くらいだ。

外気に皮膚を晒しているのに、いつもの刺すような痛みがない。アシュは思わず首のあたりに触れた。痛み止めの効き目も切れているころのはずなのに、疼痛もない。

「アシュ、右目が」

サージがびっくりしたように声をあげた。

「もしかして、右目、見えるのか？」

両目がちゃんと見える。頷くと、サージは慌てたようにアシュの頬に触れた。

「大丈夫か？　ひどく腫れてるぞ」

ちりっとした痛痒さとともに、皮膚が剥がれた。

「え？」

布を取り換えるたびに痛くて泣いていたのに、むず痒さが払拭《ふっしょく》されて、むしろ気持ちがよかった。

「アシュ…」

皮膚が剥がれたところが痒い。頬をこするとぼろっと黒く爛れた皮膚が落ちた。

顔が腫れているのではなく、肌が再生して古い表皮が剥がれようとしているのだと気づいて、アシュは息を呑んだ。そんなことがあるのだろうか。

どきどきしながらもう一度指先で頬に触れてみた。瘡蓋《かさぶた》の落ちた下にはつるりとした肌が露出していた。サージも息を止めてアシュを凝視している。

「サージ」

声が楽に出る。

ぴい、と頭上で鳥が鳴いた。木枝が揺れて雨粒がぱらぱらっと落ちてくる。

新鮮な陽光を浴びて、アシュとサージはひたすら互いを見つめ合っていた。

12

おお、とカーリンが息を呑んだ。

「こんなことが…あるのだな」

「わたくしも驚きました」

アシュの顔に巻かれていた保護用の布を取り、サラが生真面目な表情でカーリンのほうを向いた。

瘡蓋が落ちたあとの皮膚は徐々に落ち着き、こめかみと顎の一部に痕が少し残っているだけになった。

「髪も伸びてきています」

サージと一緒に飛翔してから、十日が経っていた。

あの日、小屋に帰ると、サラが「どちらへ行かれていたのですか」と血相を変えて小走りで出てきた。アシュの皮膚を保護する布が全部ほどけてしまっていることに驚き、サラは珍しくサージに向かって声を荒げた。

「こんな不注意なことをなさって、悪い菌でも入って悪化したらどうされるおつもりですか」

心配のあまりきつい声で問い質しながら、サラはサージに横抱きにされているアシュに、えっ、と瞠目《どうもく》した。

「アシュさま、右目が開いておられるのですか？　それに、——お顔の瘡蓋が……」

サラは驚き、寝台に横たわったアシュの身体をあちこち調べ始めた。

「こんなことが…カーリンさまに急いでお知らせしなくては」

壊死《えし》していくばかりだったアシュの肌は、明らかに再生を始めていた。深部の炎症も軽快しているのが自分でわかる。

ただ恢復《かいふく》に体力を使うのか、アシュはその日から一日の大半を眠って過ごした。カーリンが何度も来てくれていたのも眠っていてあまり覚えていない。

一週間がすぎ、ようやくアシュは寝床から出て、カーリンを迎えた。

「右目は確かに見えるのか」

「以前と同じように見えます」

「確かに問題なさそうだ」

カーリンが右目の瞼を指で持ち上げて検分した。

「肌も、きれいなものだ」

瘡蓋はまだ脇腹や背中に少し残っているが、顔や腕のあたりはほとんど剥がれた。

「以前の額の傷も、消えてしまいました」

サラが指先でそっとアシュの額をなぞった。

「こんなことがあるのだな」

カーリンが今度こそ驚いた、というようにため息をついた。

「なにか、思い当ることはあるのか」

「いえ——これといって」

サージと夜中に空を駆けたことは、なんとなく言いたくなかった。サージも黙っている。

ふむ、とカーリンが腕まくりをしていた袖を下ろし、アシュはサージの手を借りて服を直した。

「正直、俺はおまえと言葉を交わせるのはあと何度だろう、と考えていたのだ」

「俺もだ」

サージがアシュの手を握った。

「俺も、アシュはもう死ぬんだろうと思っていた」

身もふたもない言いようにカーリンが苦笑した。

「しかし、理由はわからんが、とにかく復活した。呼吸音もきれいなものだ。しばらくは無理せずに様子をみて、徐々に以前の生活に戻していこう」

よかった、とサラが涙ぐんだ。

「本当によかった」

「ありがとうございます」

――ドライトンの鱗は宝石のように美しく、その涙は万能の薬となるとか……。

初めてサラと出会ったときに、彼女が曾祖母から伝承したという話を聞いた。

自分が恢復していると気づいたときに、ふとあのときのサージの美しい涙を思い出したが、アシュには真偽の確かめようはない。

ただ、間違いなく自分は日々恢復していっている。

「神リエラのご加護、ということにしておくか」

カーリンが笑った。目元が光っている。

「ええ」

アシュも微笑んだ。

「そういうことにしておきましょう」

次の満月の夜、アシュは久しぶりに湯を使った。

そろそろ夏は過ぎ、小屋の外では秋の虫が鳴いている。盥にたっぷりの湯の中で、アシュは身体の隅々まで洗った。

最後まで残っていた顎の瘡蓋も落ち、肌は再生されて以前よりも艶やかになっている。

髪は耳を覆う長さになった。

「アシュ」

洗い布を絞っていると、サージが小屋から顔を出した。

「もっと湯を足すか?」

「いや、もういい」

アシュはどきどきしながら盥から立ち上がった。

サージは相変わらず献身的に世話をしてくれるし、愛している、とことあるごとに口にする。が、口づけ以上のことは一度も求めてこなかった。

サージと性交がしたい。

恢復するにつれて身の内に膨らむ欲望に、アシュは困惑していた。今まで自分から求めたことなどなく、サージの逞しい腕や肩に目をやって、抱きしめられたい、触れ合いたい、そして…と生々しい行為を夢想してしまっては、恥じ入っていた。

自分から欲しいと思う前に手を差し伸べられて、今までアシュはただ許可を出すだけだった。

自分のほうが求める立場になってみて、アシュは今までの自分の傲慢さに赤面していた。

「ありがとう」

盥の前に板を置かれ、アシュはそこに足を乗せた。サージが心得て分厚い布でアシュを包む。首筋、背中、腕、とサージが丁寧に水を拭き取っていき、アシュは身体を拭われるままになった。足元に膝をつき、くるぶしまで拭いて、サージはアシュを横抱きにした。

「…サージ」

「うん？」

精いっぱいの甘い声で名を呼んでみたが、サージは大股で小屋に入ると、そうっとアシュを寝台に寝かせた。アシュが湯を使っている間に寝台はすっかりきれいになっていた。

枕はいい香りがして、寝具は真新しい。

「久しぶりに湯を使って疲れただろう。やっぱり俺が洗ってやればよかった」

「もう自分でなんでもできる」

「でも」

まるで昔、小さなサージを育てているときと同じようなやりとりだ。ただし立場が逆になっている。

食事から排泄まで手を貸してやり、愛情のぜんぶを傾けた幼かったサージが、今は「まだ髪が濡れてる」などと言いながら楽しげにアシュの世話を焼いている。

髪を拭く手がそのまま首筋やもっと別のところを探ってくれないか、と期待してしまうが、サージは髪をしっかり拭くと、アシュの服を直した。

もしや、こんなふうに保護する相手になってしまって、もう性愛の対象にはしてもらえないのだろうか。

「アシュ？」

行きかけたサージの手を思わず取った。

「――アシュ」

思いをこめて見つめると、サージがかがみこんで唇にキスをした。

「次の満月になったら、また一緒に駆けよう」

サージがそっと囁いた。

カーリンに恢復期はできるだけ体力を温存するように、と言い含められているので、サージはいつもアシュが眠ったあと、ほんのわずかの間だけ空を駆けに行く。

「もう行くのか？」

「いや。アシュが眠るまでここにいるよ」

話しながらアシュは無意識にサージの手を握り、指を絡めた。

「アシュ？」

まるで愛撫するように指を絡めてしまっている自分に気づいて、アシュは慌てて手をひっこめた。

サージがなにかを尋ねるようにアシュの顔を覗き込んできた。視線が合いそうになって、アシュは顔をそむけた。耳が熱い。

サージがアシュの左手を取り、指輪に口づけた。軽い接触なのに、敏感になっていたアシュは小さく震えた。

「…サージ…」

もう充分恢復しているから性交したい、と口に出せばいいのに、できない。どうしてこんなに恥ずかしいのか、自分でもわからなかった。

めた。

「愛してる」

せめてそれだけを伝えると、突然大きな感情の波が溢れてきた。

「サージ、おまえを愛してる」

言葉が先に出て、そのあとで溢れてくる熱い感情に呑まれ、アシュはただサージを見つめた。

ちょっとしたことで死んでしまいそうな小さな雛のときから大切に育て、いつもちょこちょこ後ろをついてくる毛糸玉が可愛くてしかたなく、幼児になってからはいつも手を繋いで歩いた。

寒冷期の荒れ地、酷暑の頃の山間部、なんとしてでも食べさせないと、といつもサージのことだけを考えていた。

いつの間にか成長し、アシュを守り、支え、一途な献身を捧げてくれる青年になった。

愛し合いたい、と願う相手になった。

「――おまえと性交したい、サージ」

愛を乞うのは生まれて初めてだ。

アシュはサージに向かって手を差し伸べた。

「抱いてほしい」

サージが大きく目を見開いた。

「——いいのか」

欲望の滲む声に、泣きたいほど安堵した。同時にぞくりと背中が戦慄く。

「アシュ」

サージがアシュの手を取った。ゆっくり指を絡め合って、どちらからともなく口づけを交わした。

舌を絡め、強く吸うと、たちまち全身に火がついた。奪い合うように口づけを交わし、サージが寝台に上がってきた。

「アシュ、本当にいいのか…？」

欲望の対象にされることが、こんなにも嬉しい。サージがためらいがちに、けれど明らかに興奮した目でアシュの服に手をかけた。毎日身体の隅々まで清拭してくれていて、サージに服を脱がされることなどいつものことのはずだ。それなのに、違う。

熱っぽい目で見つめられ、アシュは新鮮な歓びを感じた。

「アシュは綺麗だ」

まだ顎の下や脇のところどころは再生した皮膚がまだらになっている。それでもサージは情熱のこもった声で呟いた。

脱がされ、眺められているだけで昂って、アシュは寝台に横たわったままサージのほうに手を差し伸べた。サージはアシュの手を取り、左手の甲に口づけた。

サージが慌ただしく服を脱ぎ捨て、覆い被さってきた。密着した肌が熱い。アシュは目を閉じてその幸せな重みを受け止めた。

「……アシュ」

サージの声から万感の思いが伝わってくる。サージはしばらくただアシュを抱きしめていた。

「アシュ、どこか痛くないか…？」

首を振ると、サージが試すように首筋に口づけた。久しぶりの性的な接触に、アシュはため息を洩らした。

長い舌が味わうようにアシュの首筋から脇、胸を辿る。指先が乳首を柔らかく押しつぶし、とたんに鮮やかな快感が身体中に拡散した。

「う、……っ」

アシュの感じるところをサージは誰よりもよく知っている。久しぶりの行為に、アシュは我を忘れた。

「あ、っ……」

たちまち汗ばみ、サージに触れられるところがそのまま性感帯になった。

「サージ」

求められることが嬉しい。されることが全部心地よい。快感に震えると、サージはさらに夢中になった。

「――あ……ん、あっ、あ……」

両足を開かれ、深く口腔内に含まれた。

「あ、あっ…サージ…」

ぬめる感触に呑まれて、あっという間に高みに連れて行かれた。我慢する間もなく射精して、アシュはその甘美な感覚に打ちのめされた。

「サージ……」

はあはあ息を切らしているアシュを、サージが上から愛おしそうに見つめた。快感の余韻が長く尾を引き、声も出ない。

サージが、まだやっと耳を覆う長さになったばかりの銀髪に口づけた。

「大丈夫だったか？」

サージが耳元で訊いた。

「辛くないか？　アシュ」

下腹部に当たるサージの昂りを、アシュは自然に握った。たったそれだけで雄々しく起き上がっていたものはさらに反り返った。

痛みをこらえるように眉を寄せたサージに、今度はアシュのほうから口づけた。ゆっくり指を動かすと、口づけが深くなる。

舌を絡ませ合い、吐息を呑み込むようにして、アシュは手の中のサージを愛撫した。サージの興奮に引きずられ、また昂ってくる。

「アシュ――」

身体を任せるような交わりしか経験してこなかったアシュは、初めて自分の欲望に従っていた。

愛おしい男の身体に触れたい。その欲望を味わいたい。

身体を入れ替え、サージの逞しい身体に乗りかかると、アシュはその肌を舌で味わった。サージの快感のため息が興奮を誘う。

「――アシュ……」

大きな手がアシュの髪を探った。胸筋をたどり、引き締まった腹部から、さらにその下へ唇を動かしていく。

「は……っ」

望んでする口淫はたまらなく甘美だった。口の中いっぱいに愛する男の欲望を呑み込むと、愛情と欲望が際限なく湧き上がる。

アシュは夢中で舌を使い、唇を使い、喉を使った。

ずっと昔に仕込まれた技巧が屈辱の記憶から愛の記憶に変わっていく。

「アシュ――」

喉の奥に勢いよく迸らせ、サージが脱力した。

「アシュ、すまない」

咳きこんだアシュに、息を切らしながらサージが焦ったように身を起こした。久しぶりすぎて、うまく呑み込めなかった。アシュは首を振って口を拭い、サージに微笑みかけた。

「アシュ」

サージが手を差し伸べ、アシュはその腕の中に倒れ込んだ。重なり合って互いの身体を抱きしめ合い、荒い呼吸と激しい心臓の音を聞いた。

「愛している、アシュ」

アシュの背を撫でていた大きな手が腰のほうに動く。サージがためらっているのを感じ、アシュは自分でサージの手を導いた。

「もうおれは充分恢復したよ」

それもみなサージの献身のおかげだ。

「性交しよう」

囁くと、サージの手に力がこもった。

「だけど、――おれは子どもは孕めない」

起き上がろうとしていたサージが、動きを止めた。アシュはサージの青い瞳を見つめた。

「おれたちの交わりは子どもを成すためのものじゃない。おまえは子どもがほしくはないのか…？」

結局ドライトンの正確な生態はわからないままだ。たとえ女性と結ばれても子どもは望めないのかもしれない。それでもサラとならもしかして――と考えかけた時、サージがアシュの頬に触れた。

「子どものぶんまで、アシュが俺の愛情を受け取ってくれればいい」

すぐには意味がわからず、アシュは瞬きをした。サージはアシュの額や頬に優しく口づけた。

「俺に愛を教えたのはアシュだ。俺は誰かに愛を注ぎたい。アシュが俺の愛を全部受け取ってくれるんなら充分だ」

サージはアシュの左手を取って、指輪をした指に口づけた。

「俺の番は永遠にアシュだけだ」

胸が詰まって、言葉が出なかった。

代わりにアシュはサージの手を取り、指先に口づけた。

見つめ合い、同時に微笑み合った。

どちらからともなく唇を交わし、アシュはサージに抱き込まれた。

汗ばんだ肌が密着して、サージの匂いがする。アシュは胸いっぱいに吸い込んだ。足を開いてサージの腰に巻きつけ、両手で強く背中を抱く。

興奮したものが擦れ合い、甘い快感が湧き上がってきた。

「う……っ、あ…あ……サージ……」

サージがアシュの両足を開かせ、顔を突っ込んできた。敏感なところを舐めまわされ、奥を開かれる。

「――あぁ……」

不思議なほど簡単に身体が柔らかくほどけていった。

「サージ、もう……」

疼くように欲しい。アシュは腰を揺すって促した。

サージが最初は気遣いながら、徐々に我慢がきかなくなって奥まで入ってきた。

「う、あ――」

欲しいところに欲しいものがいっぱいに与えられ、アシュは声もなくのけぞった。

「アシュ、――アシュ…」

緩く突き上げられただけなのに、怖いくらいにいい。こんなに、どうして、と溶けかかった思考が頭の中で空回りする。

「サージ――あ、ああっ……あ」

溢れる快感に、勝手に声が洩れた。

深く犯され、律動を送られる。サージの手がアシュの両腿を押し上げた。

さらに深いところをえぐられ、粘膜が広がっていっぱいに呑み込んでいるところまで見られてしまう。一瞬の羞恥は、けれどすぐ快楽に変わった。

自分を犯しているのも、みっともなく乱れるのを見ているのも、サージだ。

アシュは夢中で腰を使った。愛が快楽に転換され、どこまでも淫らになれる。

「ああ、――いい、…いい――」

一緒に上り詰めていく。まるで空を駆けているときのようだ。サージにしっかりしがみつき、アシュは快感に溺れた。

「アシュ――もう、出す」

荒い呼吸の合間にサージが囁いた。

アシュはもう何度も絶頂に達していて、朦朧としていた。

「あ、あ――」

それでも中でサージが大きく脈動するのを感じ、激しく抱きしめられて、アシュもサージの背に爪を立てた。

「――アシュ……」

墜落するような感覚のあと、サージにしっかりと抱きしめられて、アシュは一瞬意識を失った。

「大丈夫か？　アシュ」

「――、だい……」

返事がしたいのに、声が掠れて出ない。アシュは心配そうに顔を覗き込んでくるサージになんとか微笑んで見せた。快楽の余韻が強すぎて、息をするだけで精一杯だ。サージも汗だくで肩で息をしている。

「アシュ」

楽なように寝かせてくれて、サージがそっと汗で濡れたアシュの髪を撫でた。

今日は風がなく、小屋の外は静かだ。木々のざわめきの代わりに、ほーほーと柔らかな夜の鳥の鳴き声が聴こえる。

「今日は駆けなくてもいいのか？」

ようやく呼吸が落ち着いた。アシュが訊くと、サージは指先でアシュの髪を弄びながら微笑んだ。

「今、アシュと一緒に駆けただろ」

何もかもが満ち足りて、二人きりで抱き合ったまま、いつの間にか眠りに落ちた。

13

「アシュしゃまぁ、いらっしゃいますか、アシュしゃま」

可愛らしい声が入り口のほうから聞こえた。これはサラの娘、タマラの声だ。

「はい、ここにいますよ」

台所で夕食の用意をしていたアシュは、包丁を使っていた手を止め、戸棚から干し果実の菓子の袋を取り出した。タマラの好物だ。

「アシュしゃまぁ、タマラがきましたよう」

「いらっしゃい、タマラ」

戸口はいつも開けたままにしている。タマラはとっと軽やかな足音をさせて中に飛び込んできた。

「すみません、アシュさま」

三歳になるサラの娘は、いつもアシュを見つけると大喜びで駆け寄ってくる。アシュしゃま、と足に飛びついてきたタマラを抱き上げると、ふっくりとした頬から幼児特有の甘い匂いがした。

「どうしてもアシュさまのところに一緒に行くときかなくて」

サラが汗を拭きながら入ってきた。夕暮れになっても初夏の日差しは強い。お腹に二人目の子どもがいるサラにはなおのこと堪えるだろう。

「来てくれて嬉しいですよ。さあ、どうぞ」

サラに冷えたお茶を出し、アシュはタマラを膝に乗せてテーブルについた。

祭祀の夜に聖殿を焼き、サージとともにドゥーナルケに戻って五年ほどが過ぎた。

アシュが恢復してから、サラを通じて「有名な王都の薬師・カーリンさまに師事なさったと聞きました」と薬草を求めたり施術を頼みにきたりする者がぽつぽつ現れ、それに対応しているうちに、アシュは「お美しい山の薬師さま」と呼ばれて慕われるようになった。

以前は傾きかけていた質素な小屋も「いつもお世話になっている薬師さまのためだ」と一

昨年、里の人たちがこざっぱりとした一軒家に建て替えてくれた。

サラは幼馴染みの村の青年と結婚し、今は子育てを優先しながら、アシュとともに村の薬師として働いている。

カーリンとは以前と変わらず親しく行き来をしている。

王都は暴虐の限りを尽くしていた司祭たちに代わり、王族たちが賢政を敷くようになった。

「あのときの聖者さまは、伝説のようになっているぞ」

カーリンは面白そうにそんな話をした。

聖獣が現れ、火をなぎはらって聖者さまを連れ去った、という証言に、祭礼の儀式の前にはクザルフを掲げて「新しい世と聖獣と聖者に」祈りを捧げるのが通例になったという。

「今日は、サージさまは」

「隣町まで馬術の指南に行きました。このところあちこち引っ張りだこですよ」

そして必ず「アシュに」と小さな贈り物を持ち帰る。

「恋愛作法だ」

笑って差し出す小さな贈り物を、アシュも笑って受け取った。

「そういえば、タマラ、アシュさまにお渡ししなくていいの？」

ひとしきり新しい薬草畑の相談をして、さあそろそろ、と腰を上げかけて、サラが思い出したように言った。

「わすれてた！」

タマラがいそいそエプロンのポケットから小さな粘土細工を出してきた。器用にこねた人形だ。

「アシュしゃまと、サージ」

タマラ、タマラ、と可愛がっているサージのことは、いくらサラが注意してもタマラは親しみをこめて「サージ」と呼び捨てにする。サージは小さい子どもが好きで、どの子も公平に可愛がるので、子どもたちもサージが大好きだ。このごろは「馬術の先生」として年長の子どもたちにも慕われている。

「ありがとう。ここに飾りましょう」

アシュは小さな飾り棚にタマラの粘土細工を並べた。他にも「山の薬師さま」にと里の子どもたちがくれた贈り物が並んでいる。

我が子でなくとも、子どもはひとしく愛おしい。

「それでは、また参ります」

「気をつけて」

見送りに出ると、山の小道をサージが馬を曳いて帰ってくるのが見えた。

サラと言葉を交わし、タマラに飛びつかれて笑って抱き上げている。ひとしきりタマラを構ってから、アシュに気づいて手を振った。

「お帰り」

二人と別れ、早足で帰ってくるサージに、アシュも手を振った。

今日も夜になったら二人で駆けよう。


聖獣は夜空を駆け、星を撒き散らす。

火焔の瞳、霧氷の鱗。

自由と、力と、美と、残酷で夜を駆ける。

その最期は誰も知らない。

了

■あとがき■

こんにちは、安西リカです。

このたびショコラ文庫さんから四冊目の文庫を出していただけることになり、大変嬉しく思っております。これも既刊を手にしてくださった読者さまのおかげです。本当にありがとうございました。

ショコラ文庫さんはたいへん懐が深く、これまで出していただいたお話も「だいじょうぶかな」と若干不安になる内容だったのですが、今回はさらに自分的チャレンジ作で、これを快く受け入れていただいて感謝しかありません。

ツイッターを見てくださっている読者さまならご存じかと思いますが、わたしは瞬間風速で妄想する癖があって、このお話も「ダークファンタジーってええなあ」とふと惹かれたタイミングで「企画を出して」と言われ、湧き出ていた妄想をそのままの勢いで提出してできたものです。わたしにファンタジーは無理、と却下されるんじゃないかと予想していたのですが、意外にもするっと通ってここまできてしまい、やや暗めの世界観だし、読んでて楽しいというテイストでもないし、と今になってすごく不安になっています。

今の自分の精一杯で頑張りましたし、書いている間はすごく楽しかったので、少しでもそれが伝わったら嬉しいです。


イラストはyoco先生にお願いすることができました。

今作はプロットの段階で「聖邪の祝福」というタイトルに決めていたのですが、残念ながら「訴求力が弱い」と却下になり、「竜は聖者に恋をする」的なタイトルをいくつか検討していました。が、yoco先生の素晴らしい表紙ラフに「訴求力はこれで充分！」という結論になって、無事最初のタイトルからイラストに合わせて「聖邪の蜜月」にさせてもらうことができました。

yoco先生、素晴らしいイラストを本当にありがとうございました。

お世話になった担当さまはじめ、制作にかかわってくださったみなさまにも感謝いたします。

末筆になりましたが、本作を手に取り、ここまで読んでくださった読者さま。ありがとうございました。これからも楽しく妄想してまいりますので、気が向かれましたらまた読んでやってください。よろしくお願いいたします。

安西リカ

初出
「聖邪の蜜月」書き下ろし

CHOCOLAT BUNKO

この本を読んでのご意見、ご感想をお寄せ下さい。
作者への手紙もお待ちしております。

あて先
〒171-0014東京都豊島区池袋2-41-6
第一シャンボールビル 7階
(株)心交社　ショコラ編集部

聖邪の蜜月

2021年2月20日　第1刷

著　者:安西リカ
発行者:林 高弘
発行所:株式会社　心交社
〒171-0014　東京都豊島区池袋2-41-6
第一シャンボールビル 7階
(編集)03-3980-6337 (営業)03-3959-6169
http://www.chocolat_novels.com/
印刷所:図書印刷 株式会社